朵貝・楊笙經典童話 8

MOOMIN

姆米谷的奇妙居民

Sent i November

朵貝・楊笙｜Tove Jansson
李斯毅 譯

目次

登場人物介紹

姆米托魯 Moomintroll

姆米故事的主角，對任何事物都充滿好奇心。姆米托魯喜歡在大海游泳、蒐集貝殼，以及和朋友到未知的地方探險。

姆米媽媽 Moominmamma

溫柔又慈祥的母親，是姆米一家的中心。對於所有造訪姆米家的客人都溫暖的迎接他們。

姆米爸爸 Moominpappa

姆米家的父親，喜好哲學思想。雖然嚮往著獨自流浪，但是對姆米爸爸而言，保護家人是他最重大的責任。

司那夫金 Snufkin

姆米托魯的好朋友，到處旅行、釣魚、吹口琴。當冬季來臨時，司那夫金就會離開姆米谷，前往南方流浪。

菲力強克夫人 The Fillyjonk

悲觀又有些神經質的菲力強克夫人，總是忙著清掃家裡，卻在一次大掃除時差點掉下屋頂，從此對於掃地產生陰影。

亨姆廉先生 The Hemulen

個性一板一眼的亨姆廉先生，每天的工作就是替人安排事情，覺得生活枯燥無味，因此決定動身前往姆米谷。

托夫特 Toft

住在亨姆廉先生的小船裡，腦中想像著姆米谷的故事，渴求見到姆米媽媽一面。

米寶姊姊 Mymble

米妮的姊姊，有著一頭引以為傲的紅色長髮。米寶姊姊喜歡跳舞，自由自在而且無憂無慮。

谷朗柏老爺爺 Grandpa-Grumble

年紀大得忘了自己的名字，於是為自己重新取了「谷朗柏老爺爺」這個名字。總是覺得自己還相當年輕，又希望其他人能夠尊重他這名老人。

NW
NO
W
Õ
SW
S
SO
溜溜之島
寂寞山
小山丘
沙灘
紫丁香叢
柴房
茉莉花叢
菸草田
姆米家
一樓
陽台
客廳
麝香鼠的房間
亨姆廉的房間
托夫斯藍和碧芙斯藍的房間
廚房
儲藏室
浴室
二樓
姆米媽媽的房間
姆米爸爸的房間
雜物間
史尼夫的房間
客房
司諾克的房間
司那夫金和姆米托魯的房間
姆米谷地圖
Tove

姆米谷周圍地圖
最後一間房子
菲力強克的村莊
姆米谷
海岸線

第一章

司那夫金

姆米谷的某個清晨，司那夫金在帳篷裡醒來。他感受到秋天的氣息，又到了啟程旅行的時節。

司那夫金雀躍的拆著帳篷，從這一刻開始，所有事都變得不一樣了。為了盡快出發，司那夫金連一分鐘都不能浪費，他迅速拔起帳篷的營樁、撲滅燃燒中的營火，在還沒有人勸阻他或問東問西之前，揹上背包開始奔跑。等到確定跑得夠遠，不會被別人打擾時，他才靜下心來，像是孤立的大樹般篤定，就連樹上的每片葉子都靜止了。他原本紮營的地點空無一物，只剩下一片褪色的長方形乾草。等到再晚一點，他的朋友都起床後，會看著他離去的空地說：「司那夫金又出發遠行了，這代表秋天要來了。」

司那夫金靜靜走在樹林裡時，突然下起雨來。雨水劈哩啪啦的落在他的綠色帽子和雨衣上，幸好有周圍的樹林溫柔相伴，雨中獨行的他並不孤單。

海邊有許多山谷，山脈向下延伸，以狹長又雄偉的姿態，一路探向岬角和深邃的海灣。其中一座山谷住著一位離群索居的菲力強克小姐，司那夫金這一生中遇見過許多菲力強克家族的人，他們總是特立獨行，堅守許多愚蠢的原則。他盡可能的放輕腳步，走過菲力強克小姐家門口。

菲力強克小姐家的籬笆是用尖銳挺直的木樁圍成，只見大門深鎖，院子一片荒蕪，沒有花草樹木，也沒有晒衣架和準備過冬的木柴，更別說是吊床或喝

茶用的桌椅了。她的屋子沒有夏天時四處散落的用具，像是耙子、水桶、遺落的草帽、讓貓咪喝牛奶用的小碟子，或是任何能帶給屋子舒適生活感的擺設。

菲力強克小姐知道秋天已經來臨，於是將自己關在屋內。她的房子看起來荒涼又封閉，但她人就在屋內，隱居在無人能夠翻越的高牆以及被樅樹遮蔽的窗戶後方。

從秋天邁入冬天的這段安靜時期其實並不壞，正好可以用來儲備過冬的食物，確保所需的物品都儲藏在溫暖的小窩裡。當你躲在又深又安全的洞穴時，珍愛的重要物品都得藏得好好的。等做好萬全準備之後，即使冬天再怎麼黑暗陰冷，甚至颳起可怕的暴風雪，也傷不了你一根寒毛。就算寒風吹過高牆，也找不到縫隙侵襲你，你可以坐在溫暖的洞穴裡開懷大笑，讚賞自己有先見之明，懂得有備無患。

每年一到秋冬時節，總是有人留在家裡，有人到溫暖的地方避寒。大家依照自己的喜好選擇，但是一定要趁早做出決定，別三心二意。

菲力強克小姐正在屋子後院拍打地毯上的灰塵。她卯足全力拍打，任何人都聽得出來她非常喜歡這項工作。司那夫金繼續走著，他點燃菸斗，心想：「現在這個時間，姆米一家應該都起床了吧？姆米爸爸可能正在替時鐘上發條，記錄氣壓計上的數據；姆米媽媽在點燃爐火；姆米托魯可能已經走上陽台，發現我的帳篷從紮營處消失，又匆匆忙忙跑到小橋下方的信箱，裡頭卻是空無一物。剛才我離開得太匆促，忘了寫封道別信給大家。其實我的道別信每年都一樣：『我明年四月就會回來，請各位多多保重。雖然我離開了，下個春天還會再度回到這裡，你們要好好照顧自己。』反正，姆米托魯會明白的。」

司那夫金就這樣將姆米托魯的事情完全拋諸腦後。

黃昏的時候，司那夫金來到夾在山脈陰影之中的狹長海灣。海灣的盡頭聚集著幾間房屋，雖然時間尚早，仍是透出閃閃發亮的燈光。

因為下著雨，屋外半個人影也沒有。

亨姆廉先生、米寶姊姊和賈夫西夫人都住在這裡，他們全是個

性低調的人，喜歡待在家中。司那夫金悄悄走過他們屋前，設法讓自己隱身在山脈的陰影中，盡可能不發出任何聲響，免得要和任何人打交道。這裡的房子無論大小，全部緊緊相依，有幾間甚至還連在一起，不僅共用排水溝和垃圾桶，窗戶也互相對望，還聞得到彼

此廚房飄出的飯菜香。司那夫金看著屋頂上的煙囪、屋內的高腳桌和屋外的排水管，每間房子通往彼此家大門的步道，都已經被人踩出深刻的痕跡。司那夫金安靜的快步走過，心想：「我真不喜歡這些房子的感覺！」

現在天色幾乎完全暗下來了，亨姆廉先生的小船停在赤楊樹下，船上覆蓋著灰色的防水布。小船的船桅、船槳與船舵經過夏天的風吹日曬，已經變得髒兮兮，甚至還有裂痕。亨姆廉先生顯然沒有駕駛過這艘船。司那夫金搖搖頭，繼續往前走。

蜷縮在小船上的托夫特聽見了司那夫金的腳步聲，急忙屏住呼吸，不敢發出半點聲響。司那夫金的腳步聲越走越遠，小船周圍也再度恢復原本的寧靜，只剩下雨水打在防水布上的劈啪聲。

最後一間房子獨自坐落於高大的樅樹牆後方，再往下走就是一大片原始森林。司那夫金加快腳步，迅速朝著森林走去。突然間，最後那間房子的大門打開一條縫隙，一個年邁的聲音從門縫裡傳出來，問司那夫金：「你要去什麼地方？」

「我也不知道。」司那夫金回答。

小小的門縫又闔上了。司那夫金往前走進森林，前方還有好長一段靜謐的道路等著他。

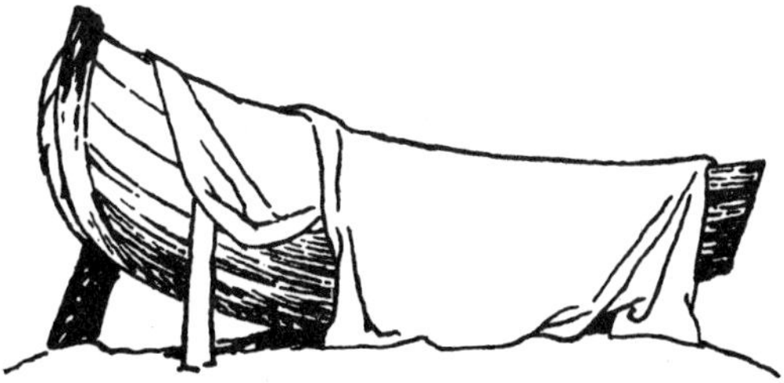

第二章

托夫特

時間分分秒秒的過去，雨仍然下個不停，秋天從來不曾如此多雨。大雨從山上沖刷而下，沿著海邊蔓延的山谷泡在雨水中，都要腐朽發黴了。夏天彷彿在一瞬間就飄然遠去，讓人懷疑它是否真的來過。住家彼此間的距離似乎也更疏遠了，因為大家都躲在家裡。

托夫特住在亨姆廉先生的小船裡，只是根本沒有人知道他住在這個地方。每年只有在春天的時候，才會有人掀開覆蓋在小船上的灰色防水布，替小船塗上一層焦油，修補船身的裂縫。之後，防水布會收到小船底部，等待出航的一天。亨姆廉先生總是騰不出時間駕著小船出海，事實上，他根本不會開船。

托夫特喜歡焦油的氣味，他向來偏愛住在味道好的地方，也愛蜷縮在船上的纜繩裡，聆聽不曾間斷的雨聲。托夫特的大衣非常溫暖，是他在漫長秋夜裡不可或缺的良伴。

每當夜晚來臨，大夥兒各自回家之後，海灣就變得靜悄悄的。這時，托夫特就會說故事給自己聽，內容都是關於一個幸福美滿的家庭。他會一直往下說，直到進入夢鄉。到了隔天晚上，托夫特會從前一晚故事結束的地方繼續往下說，或是直接從頭說起。

托夫特的故事，經常是從幸福快樂的姆米谷開始：他會先爬下山坡，來到長滿松樹與白樺樹的溫暖坡地。接下來，他會描述走出山谷後的開闊視野。陽光普照的綠色花園出現在眼前，翠綠的葉子在夏日微風裡輕輕擺動，青綠的草原上也閃耀著和煦的日光，耳邊傳來蜜蜂飛舞的聲音，空氣裡的味道非常好聞。托夫特會繼續慢慢往前走，直到聽見小河潺潺流動的水聲。

在托夫特的故事裡，絕對不可以任意變動各種細節，這一點非常重要。有一次，托夫特在小河邊加上夏日度假小屋，但他馬上就察覺到故事走樣了。小河邊只應該有小橋以及信箱，再往前走就會看到紫丁香花叢，還有姆米爸爸的柴房，它們都有自己獨特的夏日香氣，聞起來非常舒適。

故事發生在安靜的清晨，托夫特看見姆米家院子後方的廊柱上，掛著藍色的玻璃水晶球。那是姆米爸爸所收藏、全姆米谷裡最漂亮的水晶球，不僅如此，它還是一顆魔法球。

院子裡長著高高的青草，種滿各式各樣的花朵。托夫特會逐一描述給自己聽：耙子梳理過的小徑，兩旁井然有序的擺著貝殼與金色小礦石；他在偏愛的陽光照耀處晃蕩遊玩；微風從高處吹過山谷和小山丘旁的森林，轉眼消逝無蹤，一切又回歸平靜的完美狀態。蘋果樹上開著花，托夫特原本想在

樹上添加一些果實，後來還是打消念頭，改掛上吊床，並且在柴房前撒一些木屑。他來到姆米家的門口，經過一大片白色芍藥，看見姆米家的陽台……陽台徜徉在晨光之下，上頭的陳設是托夫特喜歡的模樣，無論是木工的線條、木材的選用，以及擺放的搖椅，全都是托夫特的最愛！

托夫特從來不曾走進姆米家，而是站在門外等候姆米媽媽走到屋外來。可惜的是，每次故事一說到這個地方，他就忍不住進入夢鄉。只有一次，他看見姆米媽媽的鼻子出現在門廳，那是一個充滿親和力的圓鼻子，事實上，姆米媽媽整個人都圓呼呼的，是全天下的媽媽該有的圓潤模樣。

現在，托夫特又來到姆米谷。他在故事裡已經造訪過姆米谷上百次，一次比一次興奮。突然之間，一片灰色濃霧擋住他的視野，抹去一切風景，眼前只剩下黑暗，耳朵也只聽得見秋雨打在防水布上的聲音。托夫特很想再看清楚姆米谷，但是他無能為力。

過了幾個星期，這種情況又發生了幾次，而且起霧的時間一次比一次早。像是昨天，他才走到柴房就開始起霧，現在他一到紫丁香花叢，天色就變暗了。托夫特縮在他的大衣底下，擔心的想：「也許到了明天，連河邊也走不到。我看不見姆米谷的風景，沒有辦法講故事給自己聽了。所有的一切彷彿開始逆向而行，我應該怎麼辦才好呢？」

托夫特先睡了一會兒，等到他在深夜醒來時，就明白自己該怎麼做了。托夫特決定離開亨姆廉先生的小船，動身前往姆米谷。他要走到姆米家，打開陽台上的大門，然後向姆米一家自我介紹。

托夫特下定決心之後，又繼續安然入睡。這天晚上他一夜好眠，完全沒做夢。

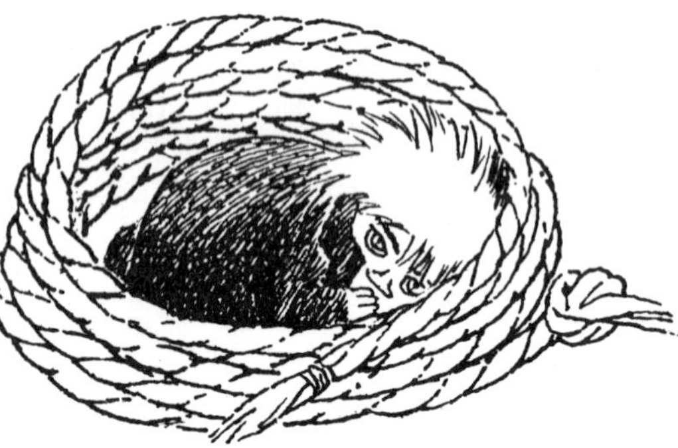

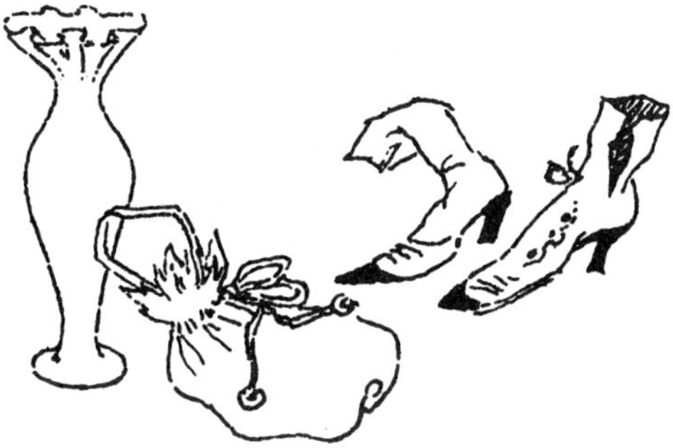

第三章

菲力強克小姐

十一月的某個星期四，連日的大雨終於停了，菲力強克小姐打算趁這個時候清洗閣樓的窗戶。她先在廚房裡煮了壺熱水，放進一些肥皂粉，但是沒撒太多。接著，她端著裝了肥皂水的臉盆到閣樓，將臉盆放在椅子上，打開閣樓的窗戶。窗台上有個東西掉落到她的腳邊，外型看起來像一團棉球，不過菲力強克小姐一眼就看出那是什麼。那是一個討人厭的蟲蛹，蛹裡面有一隻蒼白兮兮的毛毛蟲。菲力強克小姐忍不住開始發抖，立刻移開雙腳。無論她去什麼地方或做什麼事，總會遇上噁心可怕的東西，彷彿它們到處都在！菲力強克小姐用抹布迅速將蟲蛹掃到窗外，看著它沿屋簷往下滾動，最後彈跳出邊緣，消失無蹤。

「真嚇人！」菲力強克小姐抖著她的抹布低聲說道。她拿起臉盆跨到窗外，準備從窗戶外側清洗玻璃。

菲力強克小姐腳踩著拖鞋，她一站上又濕又斜的屋頂，整個人就開始向後滑。她沒有時間害怕，馬上彎起纖瘦的身體，動作快如閃電，但還是在屋頂上滑倒了。她的肚子貼著屋簷，拖鞋也滑到了邊緣處。菲力強克小姐趴在屋頂上，這時才突然感到害怕。恐懼遍布她全身，讓她緊張得說不出話來。她勉強眨眨眼睛，望著遙遠的地面，下巴也驚恐的閉合著，發不出一點聲音。

就算她想求救也沒人會聽見，菲力強克小姐早就不與親戚和煩人的朋友來往了。她獨自一人照料屋子，享受著荒涼，現在也即將孤獨的從屋頂摔落到滿是甲蟲和蛆蟲的院子裡。

菲力強克小姐吃力的往

上爬，想盡辦法讓雙手攀附在滑溜的金屬屋簷上，但掙扎半天，她的身子又再度往下滑，回到原本的位置。敞開的窗戶在風中不斷發出聲響，就連下方的院子也持續有風吹拂。時間一分一秒過去，幾滴雨水開始落在屋頂上。

這時菲力強克小姐突然想起屋頂的另一頭有一根避雷針，於是她開始慢慢往側邊移動，一次橫跨一小步，一步接著一步。她緊閉雙眼，肚子貼在屋簷上，就這樣沿著屋頂繞一大圈，頭暈目眩的感覺不斷湧現。她好不容易摸到避雷針，立刻緊緊抓住不放。菲力強克小姐仍舊閉起眼睛，藉著避雷針小心翼翼往上爬。全世界的一切彷彿都消失了，只剩下菲力強克小姐賴以保命的避雷針。

她伸手抓住閣樓外的狹窄木框，先穩住步伐，再攀爬到木框上。她雙手雙腳撐著身體，等待雙腳停止顫抖。她知道自己這個模樣一定很好笑，但是她不在乎。她繼續慢慢爬行，臉頰始終貼著牆壁。她想找扇窗子爬進閣樓裡，偏偏每扇窗戶都緊閉著。菲力強克小姐的鼻子太長，擋在牆壁前方，披散在眼前的頭髮也搔著鼻子。「這個時候絕對不能打噴嚏，否則會失去平衡摔下去……我也不能往下看，更不可以胡思亂想。但是我的拖鞋快掉下去了，沒有人在乎我的生死。我的束腹皺成一團，每秒都是噩夢……」

天空又開始下起雨來。菲力強克小姐睜開眼睛，從肩膀瞥視陡峭的屋簷下方，雙腿再度開始發抖，整個世界好像也不停旋轉著，她又頭昏眼花了。菲力強克小姐不小心偏離了牆面，支撐她身體的窗框彷彿變得更窄小，簡直像刀刃一樣薄。在生死交關的一瞬間，菲力強克小姐的人生一幕幕閃過腦海。她的身體無意識的向後倒，傾斜成一個會讓她整個人往後摔的危險角度。僵持了幾秒鐘之後，她才又往前傾，回到原本安全的姿勢。

菲力強克小姐覺得現在什麼事都不重要了，她只想緊緊貼著牆面，繼續往前爬。好不容易終於爬回剛才跨出閣樓的那扇窗前，沒想到窗戶已經被強風吹上。窗玻璃的外側一片光滑，沒有任何把手可以讓她推拉，甚至連個讓指甲插進去的縫隙也沒有。菲力強克小姐原本想用髮夾開窗，結果髮夾拗得歪七扭八，窗戶卻還緊緊關著。她望著窗子裡裝著肥皂水的臉盆和抹布，明明是平凡無比的日常景象，此刻卻像是置身在另一個世界。

抹布！菲力強克小姐突然發現抹布就放在窗台上……她的心開始怦怦跳，因為抹布夾在窗縫中，露出了一小角。菲力強克小姐掐住那一小塊抹布，開始小心翼翼的拉動……「拜託，千萬別斷啊！希望這條抹布是新的，千萬不要是破爛的舊抹布……我要丟掉所有的舊抹布！再也不要保留舊東西！我要開始揮霍，再也不要打掃！反正我早就打掃過頭了！我的潔癖太嚴重……我要改變自己，不再當菲力強克小姐了！」雖然菲力強克小姐心裡如此想著，但她明白這是不可能的。菲力強克家族的人永遠都是菲力強克家族的人。

抹布不但沒破，還慢慢將窗戶打開了一道小縫隙。這時正巧吹來一陣強風，打開了窗戶，菲力強克小姐趕緊跳回安全的閣樓裡。她躺在地板上，整個人依舊覺得天旋地轉。

菲力強克小姐頭上的吊燈被風吹得左右搖擺，吊燈上間隔整齊的水晶吊飾隨風擺動，底下都各掛著一顆小珠子。菲力強克小姐專注的看著，心裡感到相當驚訝。她從來沒有注意過這些小小的水晶吊飾，也不曾留意過水晶吊燈的燈罩是紅色的。這種紅色非常漂亮，就像夕陽一樣。甚至是天花板上連接吊燈的吊鉤，菲力強克小姐也覺得造型獨特非凡。

這時菲力強克小姐的身體舒服了一些，她好奇的想：「為什麼掛鉤上的每個東西都只會往下垂，而不會往上或朝著特定方向飄浮呢？這到底是為什麼？」她也突然覺得閣樓裡所有東西都變得不一樣了。她走到鏡子前，看著鏡中的自己。她的鼻側有點擦傷，雨水淋濕的頭髮直直垂在臉頰兩旁，她觀看世界的方式也改變了。「有眼睛真好，可以看各種東西。」菲力強克小姐心想：「但人們是怎麼觀看的呢……？」

渾身濕淋淋的菲力強克小姐這時才冷得發抖，她剛才

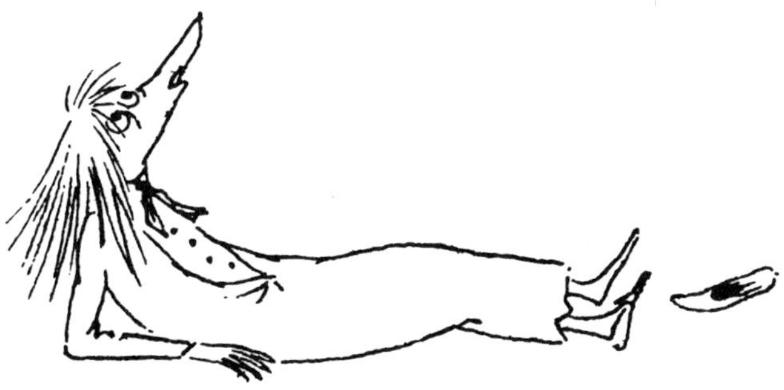

在短短一瞬間回想完自己的人生，決定現在要煮杯咖啡安撫情緒。當她走到廚房打開櫥櫃時，才發現自己實在擁有太多瓷杯與瓷盤了。她有好多套咖啡杯組，餐盤與碟子更是多到嚇人！大概有上百個杯組與碗盤在櫥櫃裡，而她家只有一個人使用。「如果我剛才不小心摔死，這些東西要留給誰呢？」

「不！我才不會死呢！」菲力強克小姐喃喃自語，用力關上櫥櫃。她跑進起居室，又衝到臥室，在家具旁邊走來走去。她接著跑到客廳裡，拉上所有窗簾後，再度爬上靜悄悄的閣樓。她打開家裡的每一扇門，當她打開擺放行李箱的衣櫃門時，心裡終於明白自己下一步該怎麼做了。她要離開這個家，到其他人的家裡去住。她想與別人接觸，那些喜歡聊天而且每天忙進忙出、生活充實、沒有時間往壞處想的人。但是她可以找誰呢？亨姆廉先生不適合，米寶姊姊也不適合，她是最不適合的人選！姆米家的人好像很不錯，她應該去拜訪一下姆米媽媽。由於菲力強克小姐知道自己只有在特定心情下才會做出這種決定，所以一定要盡快行動，以免改變心意。

菲力強克小姐從衣櫃裡拿出行李箱，在箱子裡放入一個銀製花瓶，準備當成禮物送給姆米媽媽。她把肥皂水全撒在屋頂上，才重新關好窗戶，再用浴巾擦乾頭髮，上好髮捲，然後喝了下午茶。屋子裡再度安靜下來，恢復原本的樣貌。菲力強克小姐洗好茶杯後，拿出剛才放入行李箱的銀製花瓶，換成一個瓷製花瓶。由於下雨的緣故，天色暗得特別早，菲力強克小姐點亮了天花板上的吊燈。

「咦？我剛才看錯了嗎？」菲力強克小姐吃驚的想：「原來燈罩並不是紅色的，而是偏咖啡色。算了，無所謂，反正我要離開這裡了！」

第四章

雨

秋天已經進入尾聲，司那夫金繼續往南方前進。有時他會停下來紮營，在同一個地方住上幾天，享受時光的流逝。他會到處走走，做出沉思的樣子，其實什麼事也沒在想，除此之外，他也花許多時間睡覺休息。司那夫金專注著自己的目的地，不分心於其他事。他完全不煩惱要往哪裡去，只是持續向前走。

森林因為大雨而變得潮濕沉重，每棵樹都靜靜的站在雨中。雖然萬物都枯萎凋零，地底下卻還藏著晚秋的祕密花園，準備從腐朽的土壤裡鑽出來。它們都是與夏天無緣的植物，例如：還是黃綠色的晚熟藍莓，以及暗沉血紅色的小紅莓。地衣苔蘚開始生長，最後會變成又大又軟的地毯，覆蓋住整座森林，替森林增添新的色彩。紅色的山梨果也在一片綠意中閃閃發亮，但是蕨類的顏色已經開始轉黑。

司那夫金突然有股衝動想要寫歌，他一直等到自己非常確定這種感覺之後，才在某天夜裡從背包裡拿出他的口琴。八月的時候，他在姆米谷寫了五小節的旋律，非常適合作為這首新歌開頭的旋律。在這個平靜安詳的時刻，那些旋律自然的跳進司那夫金腦中。現在是時候該取出它們，來譜寫一首關於雨天的歌曲。

司那夫金聽著雨聲，等待靈感出現，但是那五小節的旋律沒有現身。他又繼續耐心等候，他知道寫歌就是這樣。然而司那夫金只聽見不斷落下的雨聲，以及溪水流動的聲音。天色慢慢變暗，司那夫金拿出菸斗，隨後又收進背包裡。他知道那五小節旋律肯定還留在姆米谷，除非他回去，否則絕對找不回那些音符。

世界上有那麼多不同的音符，司那夫金知道自己隨時可以再編寫出新的旋律，但是他不想去碰那些屬於夏天的旋律。司那夫金回到帳篷，用睡袋蓋住自己的頭。雨聲與流水聲依舊能隱約傳入他耳中，聽起來孤寂又完美，但如果他沒有辦法寫出一首關於雨天的歌曲，下雨對他而言又有什麼意義呢？

第五章

亨姆廉先生

亨姆廉先生慢慢從睡夢中甦醒。他失望的看著自己的模樣，心裡渴望著一覺醒來之後，自己就能變成全然陌生的面孔。亨姆廉先生覺得自己睡醒後比入睡前更加疲憊，因為他又得面對一天的開始，一直忙碌到晚上熄燈時。接著又是新的一天，就這樣日復一日，他必須永遠以亨姆廉先生的身分過日子。

亨姆廉先生縮進被窩，整張臉埋在枕頭中。他挪動身子，讓肚子貼著床鋪側邊比較涼快的棉被。他在床上伸展雙手雙腳，占據了整張床。亨姆廉先生希望能做個美夢，卻始終無法如願，就算他蜷起身子縮得小小的，仍舊一點幫助也沒有。他想要變成大家都喜歡的亨姆廉，也想變成大家都討厭的亨姆廉，但無論他怎麼努力，他還是原本的亨姆廉先生。最後他放棄了，只能乖乖起床換衣服。

亨姆廉先生不喜歡每天穿脫衣服的感覺，這些動作提醒他一天又一天的過去，什麼重要的大事都沒發生。儘管如此，亨姆廉先生還是得每天從早到晚忙著安排各種瑣事！他身邊有人成天過著懶散又沒有目標的日子，但是他與那些人不同，他有太多事情要忙，他還想讓他們瞧瞧人生應該怎麼過。

「那些人似乎根本不打算好好生活。」亨姆廉先生刷牙時悲哀的想著。他看著自己與小船的合照，那張照片是當初小船首次下水時拍的。雖然拍得非常好，但是亨姆廉先生看了卻更加傷感。

「我真應該學學如何駕駛小船。」亨姆廉先生心想：「但是我根本沒時間……」

突然間，亨姆廉先生領悟到：他每天所忙碌的事，就是將東西從某個地方移到另一個地方，或者告訴別人什麼物品該放在哪裡。亨姆廉先生忽然萌生一個念頭：如果他什麼都不管，就讓各個東西放在原位呢？

「應該不會有任何轉變吧，想必會有其他人出來處理一切。」亨姆廉先生對自己說。他將牙刷放回漱口杯，訝異自己竟然說出這番話。一股涼意從背脊竄出，就像是除夕夜十二點的鐘聲帶來的些許興奮。亨姆廉先生立刻有個念頭：「我應該去學習駕駛小船……」一想到這兒，他整個人又馬上感到不舒服，連忙坐到床上休息。

「可是我什麼都不會。」可憐的亨姆廉先生心想：「我哪有資格說大話？有些事情連想都不該想，做不到的事情就不應該勉強。」他試圖想一些有趣的事，以轉移自已早晨時光的憂鬱。亨姆廉先生絞盡腦汁，好不容易想起許久以前某個夏天的美好回憶，那是發生在姆米谷的事。真是久遠哪，但是他依然記得相當清楚。那年夏天他住在一間面對南邊的客房，每天早上都帶著好心情起床。夏天的微風從窗戶吹進來，輕輕撩動白色窗簾，窗扉也隨之微微搖擺……蒼蠅在天花板下方飛舞，發出可愛的嗡嗡聲。那時亨姆廉先生不必急著做任何事，早餐的咖啡總是在陽台餐桌上等他享用，一切都井然有序，完全用不著亨姆廉先生煩惱。

當時亨姆廉先生住在某戶人家家裡，但他幾乎忘了他們的長相。亨姆廉先生只記得這家人總是忙進忙出，待人非常客氣。儘管印象模糊，不

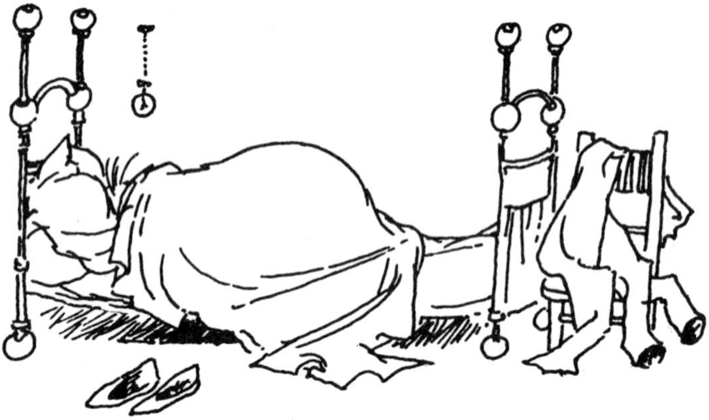

過亨姆廉先生可以確定他們是一家人。他唯一比較記得的是姆米爸爸、姆米爸爸的小船以及碼頭。不過，讓亨姆廉先生印象最深刻的，還是每天早上一起床就滿心愉悅的感覺。

亨姆廉先生決定從床上站起來，將他的牙刷放進口袋裡。現在他已經沒有任何不舒服了，只覺得自己是一個嶄新的亨姆廉先生。

沒有人看見亨姆廉先生出門。他既未攜帶行李和雨傘，也沒有與任何鄰居說再見。

亨姆廉先生平常不太出遠門，他在林間迷路了好幾次，但是這並不影響他的心情，他也沒有因此而惱怒發火。

「我這輩子都沒迷過路。」亨姆廉先生勇敢的想著：「甚至也沒淋過雨。」他開始在雨中揮舞雙手，幻想自己就是某首歌曲描述的男子，獨自在雨中行走一千六百公里路，個性既狂野又自由。亨姆廉先生開心極了！再過不久，他就能坐在姆米家的陽台上喝咖啡了！

亨姆廉先生走到小河邊，這裡距離姆米谷的東側差不多一公里半。他看著黑色的河水，忍不住覺得人生就像河流一樣，有人慢慢航行在小河上，有人則快速駛過，還有人不幸在河裡翻了船。「我要告訴姆米爸爸這個想法。」亨姆廉先生嚴肅的想：「我敢說，這一定是相當新穎的見解。真棒！我今天能輕輕鬆鬆構思出新的點子，所有事都變得簡單易懂。沒想到只要走出家門，隨性將帽子往頭上一戴，思緒就能變得如此清晰！或許我還能學會駕駛小船，航向大海，感受我的手掌操控著船舵……沒錯，感受我的手掌操控著船舵！」亨姆廉先生重複了一次，開心得幾乎暈眩。他拉緊大肚皮上的腰帶，繼續沿著小河

前進。

亨姆廉先生抵達時，姆米谷正籠罩在毛毛細雨中。他直接走向姆米家的院子，然後停下腳步。他突然感到有點困惑，好像有什麼事情不太對勁。他眼前的一切都與記憶中的畫面相同，卻似乎又有點不太一樣。這時，一片落葉飄落在亨姆廉先生的鼻子上。

「我真是個大傻瓜！」亨姆廉先生驚呼：「現在不是夏天，已經是秋天了！而我印象中的姆米谷一直是夏天的模樣！」他直接走到姆米家，踏上通往陽台的小台階。他原本想要哼唱山歌卻唱不出來，於是大聲喊道：「嘿！屋裡的人，快準備好咖啡，招待我進去休息！」

屋子裡沒有任何回應。亨姆廉先生又喊了一次，等待姆米一家來開門。

「不如我來捉弄他們一下吧！」亨姆廉先生心想。他立起衣領，壓低帽緣，順手高高舉起水桶旁邊的耙子，語帶恐嚇的大喊：「我是警察！快點開門！」

他強忍住笑意，又站著等了好一會兒，但是屋內依然靜悄悄。雨下得更大了，將站在姆米家門外等候的亨姆廉先生淋得渾身濕透。整座姆米谷除了雨聲之外，什麼雜音都沒有。

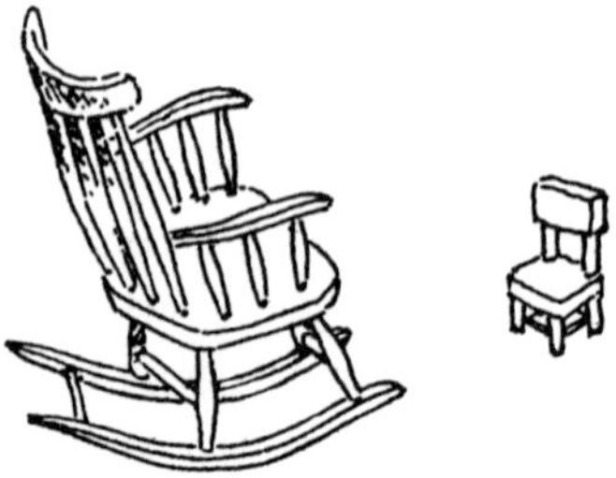

第六章

初次見面

托夫特從不曾去過姆米谷，但是他沒有迷路。雖然這趟旅程路途遙遠，加上托夫特的腿很短，但他最後還是順利抵達。一路上有許多深邃的水塘和沼澤，還有年老斷裂或被暴風吹斷的大樹。翻起的樹根連帶耙出一大塊泥土，殘留的坑洞裡積滿閃閃發亮的黑色雨水。托夫特小心翼翼的繞過障礙物，避開沼澤與水塘，卻沒有因此迷路。他相當開心，因為他知道自己想要什麼。森林的氣味聞起來很舒服，比亨姆廉先生的小船還好聞。

亨姆廉先生的身上有種舊紙張的氣息，聞起來令人發愁。托夫特會知道這一點，是有次亨姆廉先生站在小船外，一邊嘆氣一邊輕輕拉扯覆蓋在小船上的防水布，接著才離開。

森林裡沒有雨，但籠罩在一片濃霧之中，看起來格外美麗。越往位於山腳下的姆米谷走去，霧氣就更加濃密，原本的小水塘也漸漸集結成小溪流，數量越來越多。托夫特行走在多到難以計算的小河流和小瀑布之間，水流的去處正是托夫特旅程的目的地。

姆米谷已經在眼前，托夫特終於抵達了。他一眼就認出白樺樹，它們的樹幹比山谷裡其他的樹木來得蒼白。在姆米谷裡，原本明亮的東西看起來會更明亮，原來陰暗的東西則顯得更加陰暗。托夫特盡可能放輕自己的腳步，慢慢往前移動。他聽見山谷裡有人在劈柴，想必是姆米爸爸正在準備過冬時所需的木柴。托夫特將腳步放得更輕，幾乎沒有觸碰到長滿青苔的地面。他走到小河前方，河面有一座小橋。這時姆米爸爸已經停止劈柴，整座姆米谷裡只剩下溪流匯集後奔向大海的聲音。

「我終於抵達姆米谷了！」托夫特心想。他走過河面上的小橋，來到姆米家的院子，眼前的景象就如同他描述的故事一樣。這是當然的，沒有道理會有任何不同。時節已經來到十一月，大樹的樹葉都掉落殆盡，光禿禿的直立在濃霧之中，但是樹幹的顏色看起來還很青翠。陽光隱約穿透濃霧，照射在草地上。托夫特聞到紫丁香甘甜舒適的氣息。

托夫特一路跑向柴房，卻突然聞到不太對勁的氣味——一股令人發愁的舊紙張氣味。他看見亨姆廉先生坐在柴房的階梯上，腿上還放著一把斧頭。斧頭的刀刃上有好幾個缺口，因為亨姆廉先生劈柴時不時砍到鐵釘。「那個人應該是亨姆廉先生吧？」托夫特停下腳步心想：「原來他長這樣。」

亨姆廉先生抬起頭。「你好啊！」他對托夫特說：「我還以為你是姆米爸爸呢！呃，你知道姆米一家上哪兒去了嗎？」

「我不知道。」托夫特回答。

「木頭上都是鐵釘。」亨姆廉先生舉起斧頭，向托夫特解釋刀刃上出現缺口的原因。「這些老舊的木頭上都是鐵釘！」亨姆廉先生覺得很高興，他終於找到說話的對象了。「我是來玩的。」亨姆廉先生繼續說：「我來探望老朋友。」他笑著說完，將斧頭放回柴房。「托夫特，幫我搬這些木柴到廚房去晾乾，記得要朝著一定的方向堆放整齊。我去煮咖啡。廚房就在姆米家後方的右側。」

「我知道廚房在什麼地方。」托夫特回答。

亨姆廉先生說完就往姆米家走去，托夫特則開始撿拾散落在柴房前的木柴。其實托夫特可以告訴亨姆廉先生他以前沒有劈過柴，也沒有堆放過木柴，但是他很樂在其中，因為木頭的味道很好聞。

⋆

亨姆廉先生用托盤端著咖啡走進客廳，放在橢圓形的桃花木桌上。「姆米一家早上通常會在陽台上喝咖啡。」亨姆廉先生告訴托夫特：「但如果有客人來訪，他們就會在客廳裡招待對方，尤其是第一次造訪姆米家的客人。」

姆米家的每張椅子都包覆著暗紅色的天鵝絨布，椅背上還有蕾絲花邊。眼前的家具太豪華了，讓托夫特羞怯的看著美麗又吸引人的客廳，不敢坐下來。鑲著瓷磚的壁爐直通天花板，瓷磚上還畫著栩栩如生的松果。壁爐的爐口是黃銅材質，阻煙器的拉線上綴有可愛的小圓珠。桃花木桌的桌面閃閃發亮，每個抽屜都附有鍍金把手。

「你不坐下來嗎？」亨姆廉先生問道。

托夫特這才不好意思的坐在椅子邊緣，眼睛注視著掛在書桌前的肖像。畫中

的人物有一頭灰色亂髮，兩眼距離很近，還有一條尾巴，鼻子則巨大無比。

「那是姆米一家的祖先。」亨姆廉先生向托夫特說明：「他從姆米一族還住在煙囪爐子後面時就存在了。」

托夫特的視線轉移到樓梯上，那道樓梯通往陰暗的閣樓。托夫特打了個冷顫，問亨姆廉先生：「如果我們到廚房，會不會覺得溫暖一些？」

「我想你說得對。」亨姆廉先生表示：「廚房應該會舒服得多。」於是他又端起托盤，走出陰暗的客廳。

*

一整天下來，亨姆廉先生和托夫特都沒有再提到消失無蹤的姆米一家人。亨姆廉先生到院子掃落葉，想到什麼就說什麼。托夫特則跟在亨姆廉先生後頭，將掃成堆的落葉放進竹簍裡，沒有說話。

亨姆廉先生突然站到姆米爸爸的藍色水晶球前。「這是姆米一家用來裝飾院子的飾品。」他對托夫特說：「以前我年輕的時候，大家喜歡用銀色的盤子來裝飾庭院。」他說完後又繼續清掃落葉。

托夫特看都沒看那顆藍色水晶球。他想等到剩他獨自一人的時候再來仔細觀賞。這顆水晶球是整座姆米谷的焦點，上頭的鏡面可以反射出每個住在姆米谷的人。消失無蹤的姆米一家人如果留下什麼蛛絲馬跡，應該可以從這顆深藍色的水晶球察看出線索。

＊

黃昏的時候，亨姆廉先生走進客廳，替姆米爸爸的老爺鐘上發條。老爺鐘一開始像是受了驚嚇似的，走得又快又急，步調也不一致，接著才慢慢恢復正常。老爺鐘恢復穩定且平靜的速度之後，客廳也重新拾回了生氣。亨姆廉先生又走到氣壓計前，巨大的深色桃花木氣壓計蓋子上刻有美麗的雕花。「氣壓計也該調一調了。」亨姆廉先生自言自語道。他調整好氣壓計後，就走進姆米家的廚房。「房子終於整理好了！我們在火爐裡多放一些柴火，再喝杯咖啡吧！」他點亮廚房的小燈，還在櫥櫃裡發現一些肉桂餅乾。

「這些是航海的人吃的餅乾。」亨姆廉先生說：「這些餅乾讓我想起了我的小船。托夫特，吃些餅乾吧！你太瘦了！」

「非常謝謝你。」托夫特回答。

亨姆廉先生顯得精神奕奕，他倚在廚房的餐桌旁說：「我的小船是厚木板打造而成的！有什麼事情比得上當春天來臨時，開著一艘堅固的好船航向大海呢！」

托夫特將餅乾浸泡在咖啡裡面，一句話都沒說。

「只要等到正確的時機，就可以馬上出航。」亨姆廉先生表示。

托夫特抬起頭看著亨姆廉先生，最後終於開口說：「沒錯。」

亨姆廉先生這時突然感到莫名的寂寞湧上心頭，可能是因為姆米家太安靜了。他對托夫特說：「但並不是每個人都有時間做自己想做的事情。你認識姆米一家嗎？」

「我認識姆米媽媽。」托夫特回答：「至於其他人，我對他們的印象比較模糊。」

「我也是。」亨姆廉先生大聲附和，他很高興托夫特終於肯開口說話，「我沒有好好打量過他們的模樣，他們就在我身旁走來走去，但是我沒有注意到，你懂我的意思……」亨姆廉先生想找出恰當的措詞，他略帶猶豫的繼續說：「他們就像是你身邊經常可以看到的東西，比方說……樹木……或者是一些日常生活中的事物。」

托夫特又沉默不語。過了一會兒，亨姆廉先生站起身子說：「差不多該上床睡覺了。明天又是嶄新的一天。」他吞吞吐吐的表示。他記憶中的美好夏天、面對南方的舒適客房都從腦中消失，現在他只看見一道樓梯通往陰暗的閣樓，裡頭只有空無一物的房間。亨姆廉先生決定今晚要睡在廚房裡。

「我想去外面走一走。」托夫特低聲說。

托夫特關上廚房的門，在階梯前站了一會兒。外面一片漆黑，他先等雙眼適應黑暗之後，才慢慢走過姆米家的院子。托夫特朝著黑暗中閃現的藍光前進，來到了藍色水晶球前。他盯著水晶球，覺得它就像大海一樣浩瀚。托夫特一直看著水晶球，耐心的等候。最後，他終於在水晶球的中央看見一個小小的亮點。亮點閃了一下，便消失不見，接著又閃爍一下，就這樣規律的閃動著，像是燈塔的光芒。

「姆米一家人跑到很遠的地方去了。」托夫特心想。他的雙腿突然感到一陣寒意，但還是維持原本的姿勢，注視著水晶球中央持續閃現的小光點。小小的光點幾乎讓人看不清楚，托夫特不禁懷疑小光點是不是故意在捉弄他。

＊

亨姆廉先生站在廚房裡，手中拎著一盞小燈。要找到合適的床墊以及能夠安放床墊的地點似乎是不可能的任務，不僅如此，他睡前又必須換下衣服，又要從這一天捱到下一天。「為什麼人生總是這樣呢？」亨姆廉先生呆呆的想著：「但是我今天過得非常快樂，為什麼快樂是這麼簡單的事呢？」

亨姆廉先生站著思考時，有人從陽台的門走進了客廳，不小心踢翻了椅子。

「誰在那裡？」亨姆廉先生問。

沒有人回答他的問題。於是亨姆廉先生高高舉起手中的燈，又大聲的問了一次：

「到底是誰在那邊？」

一個蒼老的聲音神祕兮兮的說：「我不打算告訴你我是誰。」

第七章

谷朗柏老爺爺

老先生的年紀非常大了，經常忘東忘西。在一個陰暗的秋天早晨，他起床後就忘了自己的名字。當你忘記別人的名字時，可能會感到有些難過，但是當你能夠完全忘記自己的名字時，卻反而有趣了起來。

他甚至不急著爬起床，就這樣躺在床上，任憑各種思緒在腦子裡來來去去。他一會兒睡，一會兒醒，還是想不起自己是誰。這一天雖然平靜，不過因為他忘了自己的名字，反倒變得相當刺激。

到了晚上，他決定替自己取個名字，這樣他才能夠起床做事。「我應該叫作『愛抱怨的米寶』嗎？還是『討厭的髒兮兮』？或者是『谷朗柏老爺爺』？『跌一跤的老傢伙』聽起來如何？」

老先生這輩子認識很多人，其中不少人的名字他聽過之後就忘記了。人們總是選在星期天上門拜訪他，有禮貌的向他請教。他們總是記不得老先生的耳朵其實沒有重聽，刻意扯著嗓門大聲說話。他們簡潔說明自己的問題，好讓老先生馬上聽懂。入夜之後，他們會向老先生道晚安，然後就回家狂歡跳舞，一直玩到隔天早上。他們全都是老先生的親戚。

「我決定自己是谷朗柏老爺爺。」他肅穆的說：「我該起床了，也該將那些親戚朋友全部忘光。」

谷朗柏老爺爺整晚都坐在窗邊，看著一片漆黑的外頭，心中充滿期望。他看見某人走過他的窗前，朝著森林而去，也看見海灣另一頭有間小屋透出燈光，映照在水面上。或許那戶人家正在舉行派對？也或許沒有。谷朗柏老爺爺就這樣靜靜坐了一整夜，心裡思索著自己到底想要做什麼。

當黎明再度來臨時，谷朗柏老爺爺終於知道自己想做什麼了，他想前往多年以前拜訪過的某個山谷。或許他只是聽過那個地方，或者從報章雜誌上讀過那裡的相關報導，自己並未真正去過。但這些都無所謂，最重要的是，那座山谷裡有一條小溪流，不，也或許是一條小河？反正谷朗柏老爺爺確定絕對不是小水溝。谷朗柏老爺爺寧可相信那是一條小溪流，因為他喜歡小溪流勝過小水溝！那肯定是一條清澈的潺潺小溪流！谷朗柏老爺爺可以坐在橋上晃動雙腳，看著水裡的魚兒游來游去。沒有人會來打擾他，一會兒提醒他該上床睡覺了，一會兒關心他身體好不好，卻不等他開口回答，又逕自滔滔不絕的說話。除此之外，這座山谷還可以讓他整晚玩樂歡唱，到時候他一定要每天徹夜狂歡，天亮才回家休息。

谷朗柏老爺爺沒有立刻動身。他知道不可以急著去做自己想做的事，耐心等候是非常重要的。要前往一個未知的地方旅行，出發前一定要有萬全的準備和計畫。

接下來的好幾天，谷朗柏老爺爺都到環繞著陰暗海灣的山丘散步。他察覺到自己的記性越來越差，卻也感到內心與那座夢想中的山谷越來越近。

谷朗柏老爺爺散步時，紅色和黃色的葉子紛紛從樹上落下，掉落在他腳邊（谷朗柏老爺爺的雙腳還相當硬朗有力）。他三不五時就會停下腳步，用枴杖戳起地上的落葉，喃喃自語的說：「這是楓葉吧？我絕對不會忘記楓葉。」只要谷朗柏老爺爺想記得某些事物，他就一定能夠記得一清二楚。

經過這段日子，谷朗柏老爺爺忘記的東西越來越多，數量和種類都多到嚇人。他每天早上起床後就開始充滿期待，並且靠著忘記身邊的事物，好讓自己更接近夢想中的山谷。沒有人來打擾他，也沒有人跑來提醒他的名字。

谷朗柏老爺爺在床底下發現一個籃子，他在籃子裡裝滿各種藥物，以及一小瓶他最愛喝的白蘭地。他準備了六份三明治，找出他許久未用的雨傘。谷朗柏老爺爺終於準備好要逃離這個地方，他要離家出走了。

這麼多年來，谷朗柏老爺爺家的地板上堆放了許多東西，其中一些箱子他根本懶得打開，也沒有必要打開。雜物散落在各個角落，就像一座座分散在海面上的島嶼，它們都是谷朗柏老爺爺以為早已弄丟或是不再需要的物品。他在家裡走動時，總是習慣避開或跨過雜物，這樣做能帶給他興奮感和安定感，但他現在不再需要這堆東西了。他拿出掃把，將所有東西都掃出門外，包括吃剩的零食、缺少一隻的拖鞋、地板上的棉絮、滾到角落裡的藥丸、多年前的購物清單，甚至還有湯匙、叉子、鈕釦，以及未拆封的信。他將它們全部掃成一堆，又從這堆垃圾山裡找出八副眼鏡，放進他的籃子裡。「我需要眼鏡來觀賞新的事物。」谷朗柏老爺爺心想。

他夢想中的山谷已經離他越來越近了，彷彿就在下個轉角。而且他覺得現在離星期天還很遠，那些親戚不會跑來煩他。

星期五或星期六當天，谷朗柏老爺爺終於準備出發。他忍不住寫了告別信給所有的親戚：「我要離開了。我覺得很開心。」谷朗柏老爺爺在信上寫著。「這麼多年來，你們對我說的話，我全都聽得一清二楚，因為我的耳朵沒有重聽。我也知道你們回家後都在舉行派對狂歡。」谷朗柏老爺爺沒有在這封信的末端簽名。

他換上一件長袍，帶著心愛的吉他，拎起裝滿隨身物品的籃子，走出大門。他離開這間具有百年歷史的老房子，以「谷朗柏老爺爺」的新身分神采奕奕的出發，一路朝著北方前進，準備前往那個名為「快樂谷」的夢想之境。而他的親戚與左鄰右舍都不知道他已經出遠門了。紅色和黃色的落葉不斷在他頭頂上紛飛，一陣秋風從遠方的山丘上吹來，將谷朗柏老爺爺不想記得的事物全部吹散在空中。

第八章

糊里糊塗的菲力強克小姐

菲力強克小姐造訪姆米谷的計畫延誤了好一陣子，因為她一直煩惱驅蟲丸的事。在家裡的各個角落擺放驅蟲丸是一件大工程，她還得一一拿出櫥櫃裡的東西透氣，撣掉上面的灰塵。將衣櫃裡的衣物全部洗乾淨更是相當耗時的任務，菲力強克小姐得用蘇打水和肥皂慢慢搓洗。然而，她一摸到掃把或雞毛撣子就頭暈目眩，腹部也隨之萌生一種不舒服的感覺，彷彿有東西卡在喉嚨裡，讓她無法打掃。自從上次她試圖清洗閣樓的窗戶之後，就一直發生這種現象。

「這樣下去也不是辦法。」菲力強克小姐說：「如果不打掃又不放驅蟲丸，我的東西一定會被蛀蟲全部吃光光。」

菲力強克小姐不確定自己會在姆米谷停留多久，如果她一點也不喜歡那個地方，也許待個兩天就回家；但如果她很喜歡，或許會住上一個月。倘若菲力強克小姐真的在姆米谷停留一個月，等到她回家時，衣服上可能早就爬滿了蛀蟲。菲力強克小姐想像小蟲子啃噬衣物與地毯的可怕畫面，假如她的圍巾也讓那些小蟲發現，牠們肯定會開心得合不攏嘴！

到了最後，菲力強克小姐實在受不了自己的優柔寡斷，索性直接圍上圍巾，帶著行李和禮物出發前往姆米谷。

雖然姆米谷距離菲力強克小姐家並不遠，但是當她抵達目的地時，手上的行李箱簡直沉重得像鉛塊，雙腳也被靴子弄得疼痛不已。菲力強克小姐直接走上姆米家的陽台敲門。等了一會兒，因為沒人來應門，她就自己開門走進屋內的客廳。

菲力強克小姐一眼就看出，這間屋子已經好長一段時間無人打掃了。她脫下手套，手指輕輕撫過客廳壁爐的上緣，原本積滿灰塵的地方立刻出現一道白色痕跡。「怎麼會有人放任自己的家髒成這樣？」菲力強克小姐喃喃自語，一絲怒意讓她微微顫抖，「竟然不打掃就跑出去玩……」她將手中的行李箱放在地板上，走到窗戶旁邊，窗子也同樣髒兮兮的，連日的大雨在窗玻璃上留下一道道污痕。當菲力強克小姐發現窗簾都緊緊拉上的時候，才突然明白姆米一家人應該是出遠門去了。她抬起頭，看見天花板上的吊燈罩著棉布罩。此時她嗅到屋內有一股荒涼寂靜的氣息，忽然覺得自己被騙了！菲力強克小姐打開行李箱，拿出要送給姆米媽媽的陶瓷花瓶，小心擺在桌上。花瓶靜靜佇立著，彷彿無言的指責著姆米一家人。整間房子裡靜悄悄的，什麼聲音也沒有。

菲力強克小姐衝了上樓，樓上的氛圍更顯荒涼寂靜，彷彿連空氣都是靜止的，像是夏季專用的度假小屋，經過一個無人造訪的漫長冬季後呈現的死寂。菲力強克小姐打開每扇房門，裡頭都空蕩蕩的，由於窗簾全都拉上了，房間裡相當陰暗。菲力強克小姐越來越心神不寧，她試著打開每個房間裡的衣櫃，但是衣帽間的大衣櫃上了鎖。菲力強克小姐發瘋似的雙手搥打大衣櫃的門扉，又一口氣衝上閣樓推開門。

托夫特坐在閣樓裡，腿上擺著一本書，他驚訝的看著菲力強克小姐。

「姆米一家到哪裡去了？」菲力強克小姐大喊。

托夫特將腿上的書本擱到一旁，害怕的縮到牆邊。但是當他聞到菲力強克小姐身上散發出來的那種怪異又興奮的氣味時，心裡便明白她並不是什麼危險人物。她聞起來充滿了恐懼。

「我不知道。」托夫特說。

「我可是特地來拜訪他們的！」菲力強克小姐歇斯底里的大叫：「我甚至還帶了伴手禮！一個非常漂亮的花瓶！他們怎麼可以不說一聲就偷偷出遠門？」

托夫特搖搖頭，眼睛依舊盯著她。菲力強克小姐生氣的轉身甩上門離開。

托夫特爬回他原

本坐著看書的地方。他將被子捲成柔軟的小窩，以便舒舒服服的躺在裡面看書。托夫特繼續閱讀他手上厚重的大書。那本書沒有開頭也沒有結尾，內頁不僅都褪色，邊緣還有老鼠啃噬過的痕跡。由於托夫特不常閱讀，他必須逐字慢慢拼讀，每行句子都得花上很長的時間才能理解。他起初還希望這本書能夠告訴他姆米一家人為什麼會消失不見，以及他們到底上哪兒去了，可惜內容與姆米的行蹤完全無關，反而介紹了各種他聽都沒聽過的古怪動物和詭異風景。托夫特以前從

來不知道，原來在海底深處住著放射蟲和古代貨幣蟲，而且其中一種貨幣蟲與牠的族類長得完全不像，反倒比較像夜光蟲。但是隨著慢慢演變的結果，牠們最後誰都不像，只像牠們自己。根據資料顯示，這種貨幣蟲的體型非常嬌小，在受到驚嚇的情況下還會縮得更小。

「罕見的單細胞動物其實充滿多元性，保證讓人驚嘆不已！」托夫特閱讀著書上的句子：「這種稀有的貨幣蟲演變至今的過程，超乎我們所能探知的常理，但是目前已經可以推測出，牠們必須靠著電力維持生命。在古老的冰河時期，綿延的高山地區經常發生帶有閃電的暴風雨，混亂的氣流會強化閃電的電力，因此，就連緊鄰大海的地區也都充滿電力。」

托夫特放下手中的書本。他完全看不懂這本書的內容，書中的句子也都太長了。不過托夫特認為那些陌生的詞彙好優美，他這輩子都不曾擁有過屬於自己的書籍。他將書藏到被子底下，靜靜躺著思考。一隻小蝙蝠倒掛在壞掉的天窗上，以頭下腳上的姿勢熟睡著。

花園傳來菲力強克夫人的怒吼聲，看來她找到亨姆廉先生了。

托夫特覺得非常睏了。他想多對自己說些姆米家庭的快樂故事，可惜沒辦法。所以他改說一個稀有動物的故事，故事的主角是一隻很像夜光蟲的貨幣蟲，牠很喜歡電力。

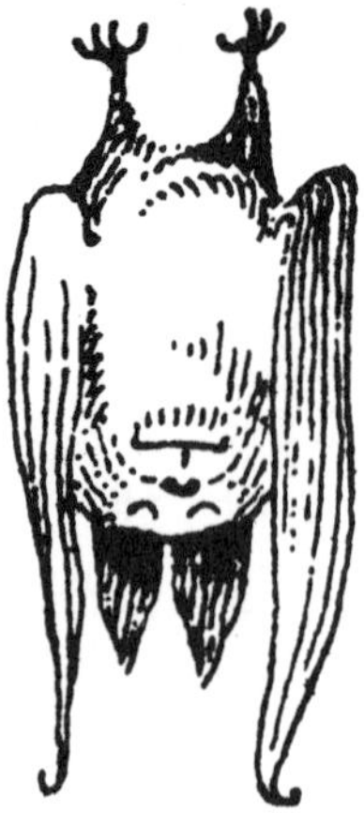

第九章

米寶姊姊

米寶姊姊獨自走過森林，心想著：「身為米寶家族的一員，真是令人開心的事。我覺得自己從頭到腳都自由無比！」

她喜歡自己修長的雙腿，也喜歡腳上的紅色靴子，並將閃耀著紅黃色光澤的柔順髮絲紮成自豪的「米寶式髮型」，看起來就像一顆小小的洋蔥。米寶姊姊經過沼澤、爬過山丘、走過積滿雨水的坑洞。她走路的速度很快，有時候甚至以小跑步的方式前進，以凸顯自己的體態多麼苗條輕盈。

米寶姊姊正趕著前往姆米家，探望她的妹妹米妮。很久以前，姆米一家人收養了米妮。米寶姊姊想像米妮還是一樣實際又暴躁，還喜歡躲在姆米媽媽的針線籃裡。

當米寶姊姊抵達姆米家時，谷朗柏老爺爺正坐在小橋上，用他自己手工製作的魚網撈魚。谷朗柏老爺爺穿著長袍、揹著吉他、頭上戴著帽子，手裡還拿著雨傘。米寶姊姊從來不曾近距離看過他的模樣，因此她好奇的站在一旁，仔細端詳著眼前的老人家。她沒想到谷朗柏老爺爺的身材這麼嬌小。

「我知道妳是誰。」谷朗柏老爺爺對米寶姊姊說：「至於我呢，我就是谷朗柏老爺爺，谷朗柏老爺爺就是我！我還知道妳經常偷偷舉辦派對，妳家經常整晚都亮著燈！」

「如果你這麼想的話，那就隨便你吧！」米寶姊姊毫不在意的回答：「你有沒有看見米妮？」

谷朗柏老爺爺從水裡撈起魚網，裡面一條魚也沒有。

「米妮在什麼地方？」米寶姊姊問。

「不要那麼大聲對我說話！」谷朗柏老爺爺大喊：「我的耳朵好得很！妳看，妳都嚇跑魚了！」

「魚兒根本不是被我嚇跑的。」米寶姊姊丟下這句話之後就轉身離開。谷朗柏老爺爺打了個噴嚏，整個人縮進雨傘底下。他明明記得小溪流裡有很多魚兒游來游去。他低頭望著棕色的溪水閃著光亮快速流經小橋，水面上漂浮著各種奇怪的東西，一轉眼就奔流出他的視線之外，消失無蹤……谷朗柏老爺爺的眼睛開始隱隱作痛，他趕緊閉上眼睛，寧可在腦海中想像自己印象中的小溪流。在他的記憶中，這條小溪流清澈見底，水中有許多閃閃發亮的魚兒在溪底的細沙上方開心的游來游去……

「一定是哪裡出了問題。」谷朗柏老爺爺焦慮的想著：「確實是這座橋沒錯，這是我記憶中的小橋，但我總覺得哪裡不太對勁……」

他陷入沉思，不久就睡著了。

＊

菲力強克小姐坐在陽台上，用毛毯蓋著兩條腿。她的模樣看起來就像姆米谷的主人，可是表情並不開心。

「妳好！」米寶姊姊向菲力強克小姐打招呼，隨即發現姆米家裡空無一人。

「早安。」菲力強克小姐冷冷的回應，她對米寶姊姊的態度向來非常冷淡，「姆米一家人都出門遠行了，沒有留下隻字片語。幸好他們沒有鎖門，不然我就被關在門外了。」

「姆米一家從來不鎖門。」米寶姊姊表示。

「他們會鎖門！」菲力強克小姐將身子往前傾，神祕兮兮的反駁米寶姊姊：「他們真的會！樓上的大衣櫃就上了鎖！他們當然會鎖上大衣櫃，因為裡面放滿值錢的寶物，他們害怕寶物不見！」

米寶姊姊看著菲力強克小姐，菲力強克小姐圍著圍巾，目光充滿焦慮，她的頭髮上了髮捲，再以髮夾固定住。「菲力強克小姐還是老樣子，一點兒都沒變。」米寶姊姊心想。這時亨姆廉先生從院子裡走過來，他剛才把院子裡的落葉全掃進竹籃裡。

「妳好啊！」亨姆廉先生向米寶姊姊打招呼：「沒想到妳也來了！」

「這個人是誰？」米寶姊姊偷問菲力強克小姐。

「我甚至還帶了禮物來呢！」菲力強克小姐告訴米寶姊姊。

「托夫特剛剛也在院子裡幫我掃落葉。」亨姆廉先生又接著說。

「是一個非常漂亮的陶瓷花瓶！我特別為姆米媽媽準備的！」菲力強克小姐尖聲的說。

「是嗎？」米寶姊姊回應亨姆廉先生：「你們剛才在掃落葉？」

「我想把這個地方弄得漂亮一點。」亨姆廉先生補充道。

菲力強克小姐忽然歇斯底里的大喊：「你不可以碰那些落葉。它們很危險！有些落葉都腐爛了！」她說完急忙衝到陽台前方，原本蓋在腿上的毛毯掉落在身後。「上頭會有細菌！」菲力強克小姐放聲尖叫：「小蟲！蛆！千萬別碰那些落葉！」

亨姆廉先生不理會菲力強克小姐的警告，繼續掃著落葉。他皺起固執又無辜的臉，大聲的說：「我要替姆米爸爸把這個地方弄得漂亮一點！」

「我沒有騙你！」菲力強克小姐強硬的表示，慢慢走近亨姆廉先生。米寶姊姊在一旁看著他們。「他們竟然為了落葉吵架，」她心想：「真是兩個怪胎……」米寶姊姊逕自走入姆米家中，直接爬上閣樓。閣樓裡冷颼颼的，面朝南方的客房還是和往常一樣，裡面有個白色盥洗台，牆上也還掛著那幅褪色的暴風雨畫作。那幅畫已經掛了好多年。客房的床上鋪著藍色鴨絨被，床邊的水瓶裡沒有半滴水，只有一隻蜘蛛死在水瓶底部。菲力強克小姐的行李箱放在客房正中央，而她的粉紅色睡袍已經攤放在床上。

米寶姊姊把菲力強克小姐的行李箱以及睡袍拿到面朝北方的客房裡，順手關上房門。面朝南方的客房是米寶姊姊專用的，盥洗台上的蕾絲杯墊巾下方放著米寶姊姊的梳子，這就是最好的證明。米寶姊姊掀開杯墊巾，她的梳子確實還在那裡。於是米寶姊姊坐在窗戶旁邊，鬆開原本綁緊的頭髮，開始慢慢梳理。緊閉的窗戶外頭，菲力強克小姐和亨姆廉先生繼續無聲的爭執。

米寶姊姊梳著頭髮，梳子擦出小小的火花，她的髮絲也隨之變得光滑柔順。米寶姊姊漫不經心的看著窗外，覺得秋天把姆米谷的景致變得荒涼又怪異。樹木看起來像是灰色的舞台道具，在潮濕的霧氣中直立著，而且每棵樹都光禿禿的。陽台前的那場無聲的爭吵持續進行著，亨姆廉先生與菲力強克小姐揮動著雙手，兩個人不停走來走去，看起來就像那些樹木一樣不真實。不過托夫特和那兩個人不同，他只是靜靜站在一旁，眼睛看著地面。

*

一片烏雲籠罩著姆米谷，看樣子稍後就會有大雨來襲。米寶姊姊看見司那夫金出現在小橋上。那個人肯定是他，因為除了司那夫金之外，沒有人會穿著那種綠色衣服。司那夫金停在紫丁香花叢前，朝著姆米家的方向觀望。他越走越近，但是腳步變得不太一樣，行走的速度顯然放慢許多。米寶姊姊打開了窗戶。

亨姆廉先生將手上的耙子往旁邊一丟。「哈！現在一切都變得整齊多了！」他得意的表示。

菲力強克小姐冷冷的對著空氣說：「可是，這模樣和姆米媽媽在家的時候完全不同。」

托夫特在一旁看著菲力強克小姐的靴子，他看得出來那雙靴子根本太小，不適合她的腳。此時又下起雨來，樹上最後一片憂傷的葉子宣告放棄，從枝頭緩緩飄落到陽台上。雨勢變得越來越大。

「你們好。」司那夫金向亨姆廉先生及菲力強克小姐打招呼。

亨姆廉先生與菲力強克小姐彼此互看了一眼。

「又開始下雨了。」菲力強克小姐緊張的說：「但是姆米都還沒回家。」

「有你在這兒真好。」亨姆廉先生對司那夫金說。

司那夫金略帶猶豫的向亨姆廉先生行個禮，將自己的視線隱藏在帽緣下方的陰影中。他轉過身，走回到小河邊。亨姆廉先生與菲力強克小姐跟在司那夫金身後，靜靜

站在遠處看著他在小橋旁邊搭好帳篷。最後，他們看著司那夫金鑽進帳篷內。

「有你在這兒真好。」亨姆廉先生又說了一次。

亨姆廉先生與菲力強克小姐站在雨中等了好一會兒。

「司那夫金大概睡著了。」亨姆廉先生輕聲說：「他一定累壞了。」

米寶姊姊看見亨姆廉先生與菲力強克小姐又走回姆米家，趕緊關上窗戶，把頭髮仔細梳成一個美麗緊實的小髮髻。

什麼事情都比不上這種舒舒服服的感覺，既簡單又輕鬆。對於那些她遇見後就遺忘姓名的人，米寶姊姊一點也不覺得抱歉，她也不想牽扯進那些人的事。米寶姊姊將他們搞出來的混亂局面，當成是意外的娛樂。

床上的鴨絨被是藍色的。姆米媽媽蒐集了六年的鴨毛，才做成這條舒服的鴨絨被。它放在面對南邊的客房中，靜靜躺在蕾絲邊的床罩下，等著溫暖幸運入住這間客房的人。米寶姊姊決定要放一個熱水瓶在腳邊，她知道姆米家的熱水瓶收在什麼地方。米寶姊姊每五天洗一次頭髮，她打算在黃昏的時候先小睡片刻。到了晚上，廚房就會因為開伙而變得溫暖。

在姆米家有許多事可做，像是躺在小橋上聆聽流水的聲音，要不也可以跑來跑去，或是穿著紅色的靴子在沼澤間悠閒散步，甚至是蜷起身子，傾聽雨水打在屋頂上所發出的聲響。在姆米家找樂子是一件非常容易的事。

這個十一月天不知不覺的來到黃昏，米寶姊姊躺在鴨絨被裡，盡情伸展她修長的雙腿，直到腳趾碰到熱水瓶。窗外下著雨，再過幾個小時，米寶姊姊可能就會覺得肚子餓了，可以好好品嘗菲力強克小姐準備的晚餐，到時候也許她會有心情和那幾個傢伙聊聊天。然而此時此刻，米寶姊姊什麼事情都不必做，她只需要舒舒服服躺在溫暖的鴨絨被裡。大大的被子就像是整個世界，而這個世界只剩下米寶姊姊一個人，所有的人事物都被隔絕在外。米寶姊姊從來不曾做夢，她總是在想睡覺的時候就睡覺，等到有值得她起床的事情發生時，她自然就會醒來。

第十章

當天晚上

帳篷裡黑漆漆的，司那夫金縮在睡袋裡面，那五小節的音符還是沒出現。事實上，司那夫金的腦子裡一點音樂都沒有。帳篷外靜悄悄的，雨已經停了。司那夫金決定煎些豬肉來吃，於是他走出帳篷，到柴房拿木柴生火。

火生起來之後，亨姆廉先生與菲力強克小姐又從姆米家來到帳篷旁，一言不發的站著觀看司那夫金煎豬肉。

「你們還沒吃晚餐嗎？」司那夫金問亨姆廉先生與菲力強克小姐。

「我們沒有辦法吃晚餐。」亨姆廉先生回答：「因為無法決定吃完晚飯後由誰來洗碗。」

「托夫特！」菲力強克小姐表示。

「不行，不能讓托夫特洗碗，」亨姆廉先生說：「他幫我打掃過院子了。應該由菲力強克小姐與米寶姊姊負責姆米家屋內的各項工作。整理家務本來就是女人該做的，不是嗎？我可以幫忙大家沖咖啡，讓大家開開心心的休息片刻。至於谷朗柏老爺爺，他太老了，想做什麼都可以。」

「為什麼你們亨姆廉家族的人總喜歡指揮別人？」菲力強克小姐忍不住抱怨。

亨姆廉先生與菲力強克小姐急躁的看著司那夫金。

「他們為什麼連洗碗這種小事也要爭吵？」司那夫金心想：「他們大概不知道洗碗是多麼簡單的事吧？只要把碗盤放進溪流裡搓洗一下，再丟到綠色的葉子上擦乾，一點也不麻煩。他們到底在吵什麼啊？」

「亨姆廉家族的人是不是一天到晚都喜歡指揮別人？」菲力強克小姐問：「我覺得這一點就是問題所在。」

司那夫金站起身子，他有點害怕亨姆廉先生與菲力強克小姐。雖然他想開口說些什麼，但是一時之間想不到什麼公平正義的說詞來安撫這兩人的情緒。

亨姆廉先生突然大喊一聲：「算了，我不想安排你們這些人的事了！我要住在帳篷裡，一個人獨立生活！」他拉開帳篷的小門，一股腦兒鑽了進去，將帳篷塞得滿滿的。「反正你們懂我的意思。」菲力強克小姐喃喃自語，又站了一會兒才轉身離開。

司那夫金將平底煎鍋從火源上方移開，裡頭的豬肉已經焦掉了。他只好點燃菸斗，過了片刻，才小心翼翼的問亨姆廉先生：「你在帳篷裡還好嗎？」

亨姆廉先生在帳篷裡悶悶不樂的回答：「睡在野外是我這輩子經歷過最棒的事。」

天色已經相當暗了。姆米家只有兩扇窗戶亮著燈。那穩定又柔和的燈光，就像姆米家平常在夜間會透出的光亮。

＊

菲力強克小姐在面朝北方的客房裡。她躺在床上，毛毯從腳蓋到鼻子。她的頭髮上纏滿髮捲，害得脖子痠痛不已。她細數天花板上的裝飾花結，肚子餓得不得了。

其實從一開始，菲力強克小姐就決定要替大家準備晚餐。她喜歡廚房的瓶瓶罐罐，也喜歡利用剩菜發明一些創意料理，讓大家完全看不出餐桌上的布丁和肉丸是用什麼食材烹煮出來的。她熱愛以簡約的方式烹調食物，即便是一點小麥粉都不浪費。

姆米一家人在陽台上放了一個大鑼，菲力強克小姐夢想著自己哪天也能敲鑼叫大家用餐。只要透過響亮的鑼聲，整個姆米谷的人就會爭先恐後的跑來，對著她大喊：

「我們要吃飯！我們要吃飯！請問妳今天準備了什麼樣的菜色？我們的肚子餓壞了！」

一想到這兒，菲力強克小姐忍不住淚流滿面。可惡的亨姆廉先生毀了這一切。其實她一點也不介意替大家洗碗，前提是必須出於她的自願。亨姆廉先生竟然還說女人本來就應該做家事！更可笑的是，還要她和米寶一起！

菲力強克小姐熄了燈，因為這個時候點著燈也是浪費。她拉起毛毯蓋住頭，突然聽見有人下樓的腳步聲，接著客廳裡發出了一些窸窸窣窣的聲響，最後是大門關上的聲音。「為什麼這間空屋會有這麼多奇怪的聲響？」菲力強克小姐相當疑惑，但隨即想起姆米家裡來了許多客人，房子已經不再是空蕩蕩的。

＊

谷朗柏老爺爺躺在客廳的沙發上，鼻子埋在最上等的絲絨抱枕中。他先聽見有人走進廚房的聲音，然後傳出玻璃杯叮叮噹噹的聲響。谷朗柏老爺爺坐起身子，豎起耳朵仔細聆聽，心想：「他們要開始舉行狂歡派對了！」

才剛這麼想，廚房又變得安靜無聲，谷朗柏老爺爺好奇的踏在冰冷的地板上，走到廚房門口偷窺。廚房裡黑漆漆的，只有一小道光線從食物儲藏室的門縫底下透出來。

「啊哈！他們躲在食物儲藏室裡！」於是谷朗柏老爺爺猛然打開食物儲藏室的門，沒想到裡面只有米寶姊姊獨自坐著品嘗醃漬小黃瓜，她的身旁點了兩根蠟燭。

「你也餓了嗎？」米寶姊姊問谷朗柏老爺爺：「這裡有醃漬小黃瓜和肉桂餅乾。至於那邊的芥末小黃瓜，我建議你不要輕易嘗試，口味太重了，可能不太適合老人家。」

谷朗柏老爺爺二話不說就吃起芥末小黃瓜，雖然他覺得一點也不好吃，但還是持續一口一口咬著。

過了一會兒，米寶姊姊提醒谷朗柏老爺爺：「你這樣一直吃，腸胃會受不了的。到最後你的肚子會爆炸，讓你當場死亡。」

「沒有人會在度假的時候死掉。」谷朗柏老爺爺快樂的說：「砂鍋裡面有什麼湯可以喝？」

「雲杉的針葉。」米寶姊姊回答：「姆米一家在冬眠前都會先喝雲杉的針葉湯，填飽肚子後才睡覺。」她打開砂鍋的蓋子，繼續說道：「但是老祖宗好像已經喝光這鍋湯了。」

「什麼老祖宗？」谷朗柏老爺爺問，偷偷的改吃起醃漬小黃瓜。

「老祖宗住在壁爐裡。」米寶姊姊解釋：「他已經三百歲了，現在正在冬眠。」

谷朗柏老爺爺沒有再多說什麼。

當他聽見這屋子裡還有一個年紀比他

大的人，一時之間真不知道應該開心還是生氣。他對這個老祖宗很感興趣，決定叫醒他。

「你聽我說，」米寶姊姊對谷朗柏老爺爺說：「你吵他也沒用，他一定要等到明年四月才會起床。嘿！你把我的醃漬小黃瓜吃掉大半罐了！」

谷朗柏老爺爺哼了一聲，不高興的皺起眉頭，將幾根醃漬小黃瓜和幾塊肉桂餅乾塞進口袋，離去前還順手拿走一根蠟燭。他蹣跚的走回客廳，把蠟燭放在壁爐前方的地上，打開壁爐門。壁爐裡黑漆漆的，什麼都看不到。他拿著蠟燭，伸手探進壁爐裡，仔細摸索了一會兒之後，發現裡面有張紙片，還有一些從煙囪掉下來的煙灰。

「你在裡面嗎？」谷朗柏老爺爺朝著壁爐裡大聲吶喊：「快點起床！我想看你長什麼模樣！」但是老祖宗毫無回應，看來他已經用雲杉針葉湯填飽肚子，進入冬眠狀態了。

谷朗柏老爺爺拿起那張紙片，發現原來是一封信。他坐在地板上，試著回想自己把眼鏡放到哪裡，卻怎麼也想不起來，只好先把這封信藏在安全的地方，再吹熄蠟燭，回到沙發上的抱枕堆中入睡。

「那些人舉辦狂歡派對時，不曉得會不會邀請老祖宗一起參加？」谷朗柏老爺爺悶悶不樂的想著：「算了，不想那麼多了，反正我今天過得很開心，一整天都沒人來煩我。」

*

托夫特躺在閣樓裡看書。他身旁的燈光形成一個小小的圓圈，讓他即使身處這間奇怪的大屋子，仍能感到無比安心。

「如同之前所提到的，這種奇怪的動物可以靠著山谷裡匯集的電力補充自身的能量，並且在

夜裡釋放出白色與紫色的光芒。」托夫特讀著書本裡的句子：「我們可以想像，這種幾乎絕種的貨幣蟲，後來慢慢的從海底遷徙到海平面上，試圖在潮濕雨林的沼澤地求生存。由於天空中的閃電會被沼澤地的水泡反射離散，因此這種貨幣蟲就慢慢改變了原本需要靠電生存的體質。」

「這種貨幣蟲一定相當寂寞。」托夫特心想：「牠和其他人不一樣，牠的家人也不喜歡牠，只好離群索居。不知道牠現在住在什麼地方，我有沒有機會見見牠？如果我在故事裡詳細描述牠的一切，說不定牠就會自己跑來找我了。」

「本章結束。」托夫特最後讀了這個句子，便關燈睡覺了。

第十一章

隔天早上

十一月，秋天的夜晚轉變成悠長的黎明，霧氣從海上吹來，漸漸拂上山丘，飄進山頭另一側的姆米谷，充斥每個角落。司那夫金決定早點起床，以便享有一、兩個小時的獨處時光。雖然營火早已燃燒殆盡，但是司那夫金一點兒都不覺得冷。他天生擁有一種自我保暖的本事。他靜靜躺著，不讓體溫散失，並小心翼翼的避免進入夢鄉。

海上飄來的霧氣讓一切顯得靜謐安詳，整座姆米谷也安靜無聲。

司那夫金起床的動作就像野獸般敏捷，瞬間完全清醒。他腦子裡那五小節的旋律離他越來越近了。

「太好了！」司那夫金心想：「喝完咖啡之後，我就能完全掌握那五小節的旋律了。」（其實他應該是不喝咖啡的才對。）

他重新點燃營火，在小河邊將水裝入咖啡壺中，拿到營火上加熱。他往後退一步時，不小心被亨姆廉先生的耙子絆倒，不僅發出巨大聲響，連手上的平底鍋也滾落到河岸邊。亨姆廉先生這時從帳篷內探出頭，向司那夫金說：「早啊！」

「早！」司那夫金回應。

亨姆廉先生用睡袋包住頭部，從帳篷內爬到營火旁邊取暖。儘管他又冷又睏，還是決定當個親切和藹的人。「這就是在野外生活的感覺吧？」他說。

司那夫金只是一心看著咖啡。

「真沒想到。」亨姆廉先生又繼續說：「原來在荒郊野外生活，夜晚可以從帳篷裡聽見各種神祕的聲音！對了，你有治療落枕的偏方嗎？」

「沒有。」司那夫金回答：「你的咖啡要不要加糖？」

「當然，請幫我加四顆糖。」亨姆廉先生表示。在溫暖的營火前，他身體的正面已經不再感到寒冷，就連原本的背痛也舒緩許多，握在手裡的咖啡也熱呼呼。

「即使你個子很小，人還是很好。」亨姆廉先生極其信任的說：「你一定很聰明，因為你不太喜歡說話。我忍不住想要說一些我的小船的事。」

這時濃霧開始慢慢往上方飄散，四周寂靜如常。霧氣散去後，陰暗潮濕的地面漸漸顯露出來，就連亨姆廉先生腳上的靴子都看得見了，但是他的頭仍籠罩在濃霧中。除了疼痛不已的脖子之外，一切都恢復正常。熱騰騰的咖啡溫暖了亨姆廉先生的胃，讓他頓時覺得心情十分暢快，什麼都不在乎了。「對了！」亨姆廉先生說：「姆米爸爸的小船就停放在浴場更衣室旁邊，對不對？」

他們同時想起海邊那個窄小的碼頭，翻騰的黑色海浪持續拍打，繫在碼頭邊的小船不停搖晃。在碼頭盡頭處是浴場更衣室，有著尖尖的屋頂與紅綠雙色的窗玻璃，還有一道直通海邊的陡峭階梯。

「我不確定姆米爸爸的小船是不是還停放在碼頭邊。」司那夫金回答，放下咖啡杯。他心想：「姆米一家人早已駕著小船出海去了，我不想和亨姆廉先生聊他們的事。」這時亨姆廉先生卻將身子靠過來，嚴肅的表示：「我們一定得去瞧一瞧！就我們兩個，這樣比較妥當。」

於是他們朝霧裡走去。一路上，霧氣持續往上飄散，整座樹林看起來就像覆蓋了一層無窮無盡的白色屋頂，高聳的樹木則像黑色的廊柱，形成一幅莊嚴的畫面。亨姆廉先生心裡想著他自己的小船，沿途一句話都沒說，只是緊跟在司那夫金身後。等到他們走到海邊，亨姆廉先生的心情才又豁然開朗，眼前的一切也再度變得真實。

浴場更衣室的碼頭和往常一樣，只是姆米爸爸的船並沒有停靠在碼頭邊。擋泥板和捕魚用的籃子擱放在高水位線旁，小船早就被姆米一家拖到樹林邊安置。海面上飄著濃霧，無論海灘或天空看起來都灰濛濛的，四周安靜無聲。

「你知道嗎？」亨姆廉先生突然開口說：「我有一種非常奇怪的感覺！我的脖子現在已經完全不痛了！」亨姆廉先生忽然有股衝動，想向司那夫金訴說自己過去多麼辛苦的為人規畫大小事，為了讓別人生活更加順遂而耗費苦心。但是他有點害羞，一時之間找不到合適的措詞來表達。司那夫金持續往前走，黑色的海

岸邊堆積著暴風雨和海浪沖刷而來的東西，包括被人丟棄與遭人遺忘的物品。它們雜亂的卡在海草與蘆葦叢間，被海水浸得又濕又髒。放眼望去，整個海岸線都是雜物。海浪一路沖刷到樹林的第一排樹木處，許多斷裂的枝幹上還殘留著釘子與鐵箍，有些樹枝上面甚至掛著海草。

「看來暴風雨的威力十分強大。」司那夫金說。

「我是如此努力奮鬥，」亨姆廉先生在司那夫金身後鼓起勇氣說：「用盡心力替大家服務！」

司那夫金一如往常，含糊的回應了一聲，表示他全部聽見，但是無話可說。他沿著浴場更衣室的碼頭往前走，棕色的海浪輕輕拍打著碼頭底部的泥沙，海浪之所以變成棕色，是由於海水中有許多被打成碎屑的海草。霧氣已經完全散去，讓海灘看起來格外荒涼。

「你明白我的感受嗎？」亨姆廉先生問司那夫金。

司那夫金沒有回答，只是靜靜叼著菸斗，低頭看著海面。過了一會兒，他才說：「是的，我懂。我覺得每艘小船在製作過程中都應該加上鐵皮。」

「我也是這麼想。」亨姆廉先生表示同意：「我的小船就有加上鐵皮，這對船來說是件好事。而且船身應該塗抹焦油，而不是亮光漆，對不對？每年春天出海航行之前，我都會先替我的小船塗上一層焦油。對了，能不能請你幫我一件事？關於小船的船帆，我一直拿不定主意該選白色還是紅色。白色的船帆看起來一定很棒，是經典款的顏色。但是我突然覺得紅色好像也不錯，充滿冒險精神。你覺得怎麼樣？紅色的船帆會不會太過張揚？」

「不會，我不覺得張揚，」司那夫金回答：「你就選紅色吧。」他這時覺得很睏，什麼事都不想做，只想馬上鑽回他的帳篷裡，好好睡一覺。

他們走回帳篷的路上，亨姆廉先生一直滔滔不絕聊著他的那艘小船。「真奇怪。」亨姆廉先生表示：「我覺得自己和那些喜歡小船的人特別親近，例如姆米爸爸。他總是像這樣，在天氣晴朗的日子揚帆出航，真是無拘無束的個性。你知道嗎？有時候，我認為自己和姆米爸爸非常相似。當然啦，我們只有某些部分相似，儘管如此……」

司那夫金又含糊的哼了一聲表示回應。

「是真的，我說的話是真的！」亨姆廉先生靜靜的說：「你不覺得他將自己的船命名為『冒險號』，其實有一定的用意嗎？」

他們走回帳篷前，彼此道別。

「這真是一個愉快的早晨！」亨姆廉先生在司那夫金背後喊著：「謝謝你聽我說了那麼多話。」

司那夫金鑽進帳篷裡，帳篷的顏色是充滿夏意的綠色，因此待在帳篷裡的時候，會覺得帳篷外面彷彿豔陽高照。

✶

接近中午的時候，亨姆廉先生走回姆米家。其他人的一天才正要展開，沒有人知道亨姆廉先生已經享受了一個非常愉快的早晨。菲力強克小姐打開窗戶，好讓房間流通新鮮的空氣。

「早安！」亨姆廉先生對著菲力強克小姐大喊：「我昨天睡在帳篷裡！整晚聆聽著野外各種奇妙的聲音！」

「什麼奇妙的聲音？」菲力強克小姐苛刻的回答，眼睛看著窗台上的鎖釦。

「就是那些屬於夜晚的奇妙聲音啊！」亨姆廉先生表示：「我的意思是，人們在夜晚可以聽見的聲音。」

「原來如此。」菲力強克小姐回應。

菲力強克小姐不喜歡窗戶，她覺得窗戶非常危險，相當難以捉摸，一會兒被風吹開，一會兒又被風吹得緊緊關上……在面朝北方的客房裡，感覺比待在室外還冷。菲力強克小姐坐在梳妝台前，身體微微顫抖。她拿下固定頭髮的髮捲，突然想到自己這輩子好像都是住在面對北方的房間裡，就連在自己家也是一樣。所有事物總是與她的期望背道而馳。客房相當潮濕，菲力強克小姐的頭髮沒辦法完全乾透，拿掉髮捲之後，她的頭髮還是沒有變得捲曲亮麗，反而像紙牌直挺挺的蓋在頭上。什麼事都不順心，就連每天早上對她而言最重要的髮型也無法令她滿意，更別說還必須與米寶姊姊共處一個屋簷下！姆米家相當潮濕，不但充斥著霉味，還到處都是灰塵，應該要打開所有窗戶通風，再用溫水徹底擦過每個房間一遍。整間屋子都應該來個春季大掃除……

菲力強克小姐一想到春季大掃除，噁心的暈眩感馬上就襲向她，宛如站在可怕的懸崖邊緣。她知道自己這輩子不可能再打掃了，但是如果她無法再打掃或烹煮料理，日子該怎麼過下去呢？對她來說，世界上就沒有其他事情可做了！

菲力強克小姐慢慢走下樓。其他人都坐在陽台上品嘗咖啡，菲力強克小姐看著他們：谷朗柏老爺爺戴著破爛的帽子、托夫特滿頭蓬鬆的亂髮、亨姆廉先生僵硬的脖子因為天氣太冷而微微發紅。至於米寶姊姊，老天爺啊！她的頭髮實在太漂亮了！突然間，菲力強克小姐感到相當無力，覺得在座的每個人都討厭她。

菲力強克小姐站在客廳正中央，仔細環顧四周。亨姆廉先生已經替時鐘上緊發條，也調整過氣壓計。客廳裡的家具全都擺在

各自的定位，每個房間裡的物品也都遠遠躲在菲力強克小姐的視線之外，沒有任何事物想和她扯上關係。

突然間，菲力強克小姐快步走進廚房，她拿起一些木柴，打算在壁爐裡生起一盆火，好讓這間荒涼的屋子變得溫暖一些，也讓那些打算住在這裡的人舒服一點。

*

「住在裡面的人，給我聽好了！我不管你叫什麼名字！」谷朗柏老爺爺在司那夫金的帳篷外面大喊：「我救了我的朋友老祖宗一命！那個女人忘記老祖宗住在壁爐裡！她怎麼可以忘記這麼重要的事？現在她正趴在床上痛哭呢！」

「你說的她是誰啊？」司那夫金問。

「當然是那個戴著羽毛圍巾的女人啊！」谷朗柏老爺爺回答：「你說她是不是很糟糕？」

「她過一會兒就會沒事的。」司那夫金在帳篷裡小聲的說。

谷朗柏老爺爺聽了司那夫金的回答，感到非常失望。他不滿的以枴杖敲擊地板，一連罵了好幾句髒話。他走回到小橋上，米寶姊姊正坐在小橋上梳頭髮。

「妳看見我救了老祖宗一命嗎？」谷朗柏老爺爺嚴肅的問米寶姊姊：「只要晚個一秒鐘，他就會被燒成灰燼！」

「但他最後並沒有被燒掉啊。」米寶姊姊說。

谷朗柏老爺爺對米寶姊姊解釋：「你們這些人都不明白什麼時候會發生大事，你們都錯了！說不定你們根本看不起我！」他說完拉起垂在河中的魚網，但是網子裡一條魚也沒有。

「春天的時候，河裡才會有魚。」米寶姊姊說。

「這不是河，是溪流！」谷朗柏老爺爺大喊：「是我的小溪流！我的小溪流裡都是魚！」

「聽我說，谷朗柏老爺爺。」米寶姊姊心平氣和的說：「這根本不是河也不是小溪流，這只是一條水溝。但如果姆米一家人將它稱為小河，那就當它是小河吧！只有我一個人知道，這其實是小水溝。為什麼你總喜歡對那些不存在的東西或不曾發生的事情小題大作？」

「這樣才比較有趣。」谷朗柏老爺爺解釋。

米寶姊姊繼續梳頭。梳子在她的頭髮裡發出像海浪拍打在沙灘上的沙沙聲，一波接著一波，聽起來慵懶又順耳。

谷朗柏老爺爺站起身來，充滿威嚴的說：「如果妳真的覺得這是一條水溝，為什麼不早點告訴我？妳真是個邪惡的女孩！妳為什麼要讓我不快樂？」

米寶姊姊聽了這句話非常驚訝，停止梳頭。「你怎麼會這麼認為呢？我很喜歡你啊！」米寶姊姊說：「我一點也不希望你不快樂。」

「那就好。」谷朗柏老爺爺表示：「那麼請妳不要再告訴我任何事物的真相，讓我繼續相信自己心中的美好事物。」

「我盡量。」米寶姊姊回答。

谷朗柏老爺爺非常沮喪，他又回到司那夫金的帳篷前大喊：「住在裡面的人！小橋下面到底是小溪流還是小河？或者只是一條小水溝？水裡到底有沒有魚？為什麼一切都變得和以前不一樣了？你什麼時候才肯離開帳篷，關心一下外面的事物？」

「就快了。」司那夫金冷漠的說。他原本預期谷朗柏老爺爺還會再多說些什麼，但是老爺爺卻一句話都沒說。

「或許我應該與大家相處。」司那夫金心想：「可是我一點都不想這麼做。我為什麼要回到姆米谷？我又要和他們說些什麼？他們根本不懂音樂。」他輾轉反側，一會兒仰躺，一會兒趴著，還將臉埋進睡袋裡。無論他怎麼做，都會想到那些借住在姆米家的人，包括亨姆廉先生呆滯的眼神、菲力強克小姐趴在床上哭泣的模樣、托夫特沉默的盯著地板、谷朗柏老爺爺一天到晚搞不清楚狀況……他們的身影塞滿了司那夫金的腦袋。更糟的是，現在帳篷裡都是亨姆廉先生的味道。「我一定得出去走走。」司那夫金心想：「與其一直想著這些人，還不如出去找他們。反正他們應該和姆米一家人差不了多少：姆米一家很煩人，老是說個不停，而且喜歡到處走來走去！但是和他們在一起的時候，我起碼可以做自己。事實上，姆米一家根本就不曾干涉過我的生活。」司那夫金一想到這兒，連自己都相當驚訝，「我和姆米一家相處了這麼多個漫長的夏天，竟然從未發現，他們其實非常尊重我的獨處時光！」

第十二章

打雷與閃電

托夫特小心且緩慢的讀著那本關於貨幣蟲的書：「沒有閃電對貨幣蟲而言是相當困擾的事。我們可以推論，這種貨幣蟲，或者說，這種單細胞動物，會因為沒有閃電而延緩進化的速度，在成長數量上也可能停滯不前。牠們失去了發出磷光的能力，只好躲進石縫或坑洞裡，作為躲避外界、保全性命的屏障。」

「原來如此。」托夫特自言自語：「貨幣蟲失去發電的能力，其他生物就可以輕易攻擊牠們……牠們的體型不斷縮小，也不知道應該何去何從……」托夫特縮起身子，開始對自己訴說貨幣蟲的故事。在他編造的故事裡，貨幣蟲來到托夫特居住的山谷，由於貨幣蟲會產生雷電交加的暴風雨，這座山谷經常被猛烈的白色閃電照亮。雷電一開始會先出現在遠方，再慢慢逼近山谷……

*

谷朗柏老爺爺撒下的魚網連一條魚都沒抓到，讓他無聊得用帽子蓋住半張臉，在小橋上打起瞌睡。米寶姊姊在谷朗柏老爺爺身旁，她趴在從姆米家廚房的爐子前拿出來的墊子上，兩眼緊盯著持續流動的河水。亨姆廉先生則坐在信箱旁邊，在一塊木板上寫字。他用紅色的油漆在木板上寫了「姆米谷」三個大字。

「你寫這個要給誰看？」米寶姊姊問亨姆廉先生：「如果有人大老遠從外地跑來這裡，他當然知道這裡是姆米谷。」

「這不是要寫給外人看的。」亨姆廉先生解釋：「這是寫給我們的。」

「為什麼？」米寶姊姊又問。

「我也不知道。」亨姆廉先生很驚訝米寶姊姊這麼問，他寫下最後一個字，思考著應該怎麼回答，然後才說：「或許這樣可以讓我們更加篤信這裡就是姆米谷。我覺得『名字』是一種很特殊的東西，妳明白我的意思嗎？」

「不明白。」米寶姊姊表示。

亨姆廉先生從口袋裡拿出一根長長的釘子，將寫了字的木板釘在小橋上。谷朗柏老爺爺被亨姆廉先生敲敲打打的聲音驚醒，迷迷糊糊的說：「我救了老祖宗一命……」

這時司那夫金突然從他的帳篷裡衝出來，對著亨姆廉先生怒斥：「你在做什麼！馬上停下來！」

大家從來沒有看過司那夫金生氣的模樣，每個人都被嚇得噤聲不語，不敢抬頭看他。亨姆廉先生趕緊拆下釘好的木板。

「你們不要裝出一副被我嚇壞的模樣！」司那夫金繼續大喊：「你們應該知道我是什麼樣的人！」

如果亨姆廉先生去打聽一下，就會知道司那夫金最討厭別人亂貼看板，凡是標明「私人土地」、「禁止進入」、「請勿靠近」、「閒雜人等不得入內」等看板，都會讓司那夫金深惡痛絕。即便是與司那夫金完全不熟的人，也都聽說過看板會讓他瞬間情緒失控，甚至痛罵別人。司那夫金覺得亂立看板的人非常可恥，完全不值得原諒，就算拆掉全世界的標語也無法彌補！

亨姆廉先生把看板丟進河裡，河水隨即沖去木板上的字跡，木板也順著河水流向大海。

「你看，我丟掉那塊木板了。」亨姆廉先生對司那夫金說：「或許我想錯了，無論有沒有那塊寫著『姆米谷』的木板，其實一點也不重要。」

亨姆廉先生的語氣和平常不太一樣，變得比較不那麼客氣，因為他覺得自己已經和大家打成一片，不需要再像以前那麼見外。司那夫金不發一語，站在原地動也不動。他突然跑到小橋旁邊的信箱前查看，接著又跑到楓樹那邊，手伸進樹幹裡的小洞摸索。

谷朗柏老爺爺站起身子，對著司那夫金大喊：「你在等信嗎？」

司那夫金轉身跑向柴房，先翻過劈柴的木台，再跑進柴房裡，在工作台上方的小櫃子裡東翻西找。

「你該不會是在找你的眼鏡吧？」谷朗柏老爺爺一臉好奇的問。

司那夫金繼續尋找著。「我想要安靜的找東西。」他說。

「是嗎？」谷朗柏老爺爺驚訝的說，快步跟隨在司那夫金身後。「你說得沒錯！以前我想要找東西或是想事情的時候，往往得花上一整天的時間，但最討厭別人自以為是的跑來幫忙。」谷朗柏老爺爺緊緊拉住司那夫金的外套，「你知道別人幫你找東西並且煩你一整天是什麼感覺嗎？就像這樣：『你最後一次看見那個東西是什麼時候？』『仔細回想一下！』『你是什麼時候弄丟的？』他們居然還問我是什麼時候弄丟的！哈哈！要是我知道的話，就不必花時間東找西找了！反正後來我就不管了，我已經忘記我想要找什麼，也不在乎自己弄丟什麼東西。所以說……」

「谷朗柏老爺爺！」司那夫金說：「秋天的時候，魚兒都會緊靠著河岸游，所以你把魚網撒在小河中央是捕不到魚的。」

「那是一條小溪流！」谷朗柏老爺爺開心的糾正司那夫金的說法：「這是我今天所聽到最有道理的一句話！」谷朗柏老爺爺說完，馬上跑回魚網邊。司那夫金又繼續尋找，他在找姆米托魯留下來的道別信，他相信姆米托魯一定把信放在某個地方，因為姆米托魯不可能不告而別。然而，司那夫金找遍了任何一個可能藏信的地方，結果都徒勞無功。

姆米托魯是唯一知道該如何寫信給司那夫金的人。信的內容一定要簡短，直接道出重點，沒有任何承諾，也不需要表達再度相會的渴望，更不能有任何離情依依的字句，信件最後還必須寫個笑話當成結尾。

司那夫金走回姆米家，直接跑上二樓，拆下樓梯扶手檢查，裡面也沒有姆米托魯留下的信件。

「裡面是空的！」菲力強克小姐在司那夫金身後說：「如果你想找姆米一家的金銀財寶，我可以告訴你，絕對不是藏在這個地方。他們的寶物都藏在上鎖的大衣櫃裡了。」菲力強克小姐坐在她的房門前，用毛毯蓋著雙腿，脖子上還圍著圍巾。

「姆米一家人才不會鎖上大衣櫃。」司那夫金說。

「你的口氣好冷淡！」菲力強克小姐大喊：「你為什麼那麼討厭我？你為什麼不能替我找點事情做？」

「妳應該去廚房。」司那夫金小聲的說：「廚房裡比較溫暖。」

菲力強克小姐沒有回答。遠處隱約傳來一陣打雷聲。

「姆米一家人從來不上鎖。」司那夫金又重申一次。他走到大衣櫃前打開它，裡面空無一物。於是司那夫金頭也不回的走下樓去。

菲力強克小姐慢慢起身。她也看見了裡頭沒有東西，但是從陰暗的衣櫃裡飄出一股噁心又奇怪的味道，有點像是東西腐敗後的異味，帶點香甜氣息，讓菲力強克小姐頓時覺得快要窒息了。大衣櫃裡面只有一個羊毛製的茶壺墊，上面有個蟲子蛀開的小洞，除此之外，就是一層厚厚的灰塵。菲力強克小姐將脖子伸進大衣櫃裡，忍不住開始發抖。灰塵上面是不是有許多小小的腳印？那些腳印非常渺小，光憑肉眼幾乎看不出來……原本一定有某種小蟲住在裡面，現在衣櫃打開，小蟲也跑出來了，牠們是那種當搬動石頭的時候會從底下爬出來的蟲子，或是在植物底下亂爬的蠕蟲。菲力強克小姐心裡相當確定。「牠們現在跑出來了！牠們的小腳會在地板上刮來刮去，背部會發出奇怪

的聲響，還有笨拙的觸鬚。牠們柔軟的白色腹部可能也會貼在地上到處亂爬……」想到這裡，菲力強克小姐忍不住大喊：「托夫特！快點過來這裡！」托夫特聽見菲力強克小姐的叫喊聲，連忙從閣樓跑下來。他跌跌撞撞來到她面前，一臉疑惑的看著她，彷彿認不出她是誰。托夫特做了個深呼吸，聞到一股濃濃的電流氣味，既強烈又充滿刺激性。

「牠們全部跑出來了！」菲力強克小姐大喊：「牠們原本住在大衣櫃裡，現在都跑出來了！」

大衣櫃的門敞開著，菲力強克小姐突然瞥見裡面好像有什麼東西在蠕動。她馬上警覺到可能有危險的事情即將發生，於是放聲尖叫！結果只是一面掛在大衣櫃門板內側的鏡子。大衣櫃裡依然空蕩蕩。托夫特用手遮著嘴巴，向大衣櫃走近。他睜大眼睛，以銳利的視線掃瞄裡面的一切。那股電流的氣味越來越強烈。

「是我放牠們出來的。」托夫特輕聲說：「沒想到牠們確實存在於這個世界上。我放牠們出來了！」

「你到底放了什麼東西出來？」菲力強克小姐焦慮的問。

托夫特搖搖頭。「我也不知道。」他回答。

「但是你看過那些小蟲長什麼模樣吧？」菲力強克小姐表示：「你快點仔細想一想，牠們到底長什麼樣子？」

托夫特沒有回答她的問題，反而逕自跑回閣樓，把自己鎖在裡面。托夫特的心狂跳不已。「沒想到貨幣蟲是真的存在於世界上，而且已經跑到姆米谷來了！牠們現在就在這裡！」托夫特打開書，急忙繼續往下閱讀：「根據我們的推測，這種貨幣蟲會依新的居住環境慢慢發生變化，這種必要的變化會幫助牠們在新的環境中生存。上述隨環境產生變化的情況，雖然只是一種假設，但倘若真是如此，那麼貨幣蟲將會持續演化，而且我們無法得知牠們的演化還會進行多久。我們不知道牠們慣常的行為模式究竟為何，缺少可以比對的標準……」

「我根本看不懂這本書在寫什麼。」托夫特喃喃自語：「這麼多字，好多好多字……但如果貨幣蟲不趕緊行動，恐怕就會出差錯！」托夫特把書丟到一旁，雙手不停搔著頭髮。他必須將這個故事繼續編下去，如今情況危急，就算瞎扯亂編也沒辦法。貨幣蟲會隨著時間的流逝越變越小，根本無力扭轉情勢。

「大雷雨越來越靠近姆米谷了！閃電從四面八方打下來！到處都是閃電形成的火花，因此貨幣蟲也感受到電力了！牠們又開始成長……天空中有越來越多閃電，白色的猛烈閃電！貨幣蟲變得越來越大，大到牠們可以獨立生存，根本不需要家人的陪伴……」

托夫特這下子才鬆了一口氣。他躺在地板上望著天窗，窗外烏雲密布，遠方不斷傳來轟隆隆的雷聲，聽起來就像是人們在非常生氣時，喉嚨發出的低沉咆哮。

*

菲力強克小姐慢慢走下樓。她覺得那種噁心的小東西應該不會到處亂爬，反而比較可能全部聚集在一起，擠在某個潮濕陰暗的角落，準備伺機而動。那些小東西應該會靜靜坐在隱密荒涼的坑洞裡，也說不定會躲在床底下，或是書桌的抽屜中，甚至是某個人的鞋子裡。牠們根本無所不在！

「真是太不公平了！」菲力強克小姐心想：「這種倒楣事都不會發生在別人身上，就只有我會遇上！」她大步跑到司那夫金的帳篷前，用力拉扯帳篷的簾幕，沙啞的低聲吶喊：「開門，快點開門……是我，我是菲力強克小姐。」

鑽進帳篷內之後，菲力強克小姐才覺得自己安全了一些。她躲到睡袋裡，雙手環抱著膝蓋。她說：「那些小東西跑出來了。有人將牠們從大衣櫃放出來，牠們會出現在任何地方……上百萬隻可怕的小蟲全都躲了起來，等著跑出來嚇人……」

「其他人也看見妳說的小蟲了嗎？」司那夫金謹慎的問。

「當然沒看見啊！」菲力強克小姐不耐

煩的回答：「牠們等的是我！」

司那夫金清理他的菸斗，思考著應該如何回應菲力強克小姐。外面的雷聲越來越密集。

「拜託，千萬別告訴我馬上要下起大雷雨了！」菲力強克小姐語氣凶惡的說：「也別對我說那些小蟲可能已經跑光了，或者牠們根本不存在，甚至安慰我說牠們又小又和善，不會傷害我！這些話對我來說一點用處都沒有！」

司那夫金看著她說：「全世界只有一個地方沒有小蟲，那就是姆米家的廚房！小蟲絕對不會跑進姆米家的廚房！」

「你確定嗎？」菲力強克小姐一臉嚴肅的問。

「我相信這種說法。」司那夫金回答。

天空中又打下另一道閃電，這次感覺上距離近多了。司那夫金看著菲力強克小姐，並且露出微笑。「反正就快要下起大雷雨了，信不信由妳囉。」他說。

遠方的海面上確實出現了巨大的暴風雨，持續發出猛烈的白色閃電。司那夫金這輩子沒見過這麼多漂亮的閃電同時出現在眼前。突然有一道陰暗的濃霧降臨姆米谷，菲力強克小姐見情勢不對，馬上撩起裙子跑回姆米家。她半跑半跳的穿過院子，直直衝進廚房裡，隨即關緊廚房的門。

司那夫金嗅聞空氣的味道，氣流就像金屬一樣冷冽。天空不斷打下閃電，形成一道道炫目的平行光芒，將姆米谷照得明亮無比！司那夫金開心不已，他期待著颳風和下雨，但是怎麼等都等不到，只有閃電不停打在山頂上產生的巨大聲響，以及從各處傳來的燒焦氣味。忽然間，天空又傳來一記震耳欲聾的雷聲，接著四周就變得安靜無比，原

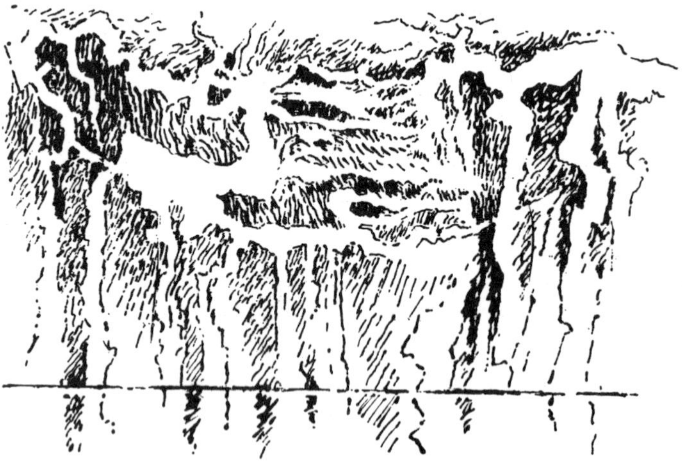

本持續不斷的閃電也驟然停止。

「這真是一場奇怪的大雷雨。」司那夫金心想：「不知道閃電會打到什麼地方。」這時他突然聽見小河轉彎處傳來淒厲的叫聲，當場嚇得渾身打冷顫。「谷朗柏老爺爺該不會被閃電擊中了吧？」

司那夫金趕緊跑過去，卻看見谷朗柏老爺爺開心的蹦蹦跳跳。「我抓到魚了！我抓到魚了！」谷朗柏老爺爺大喊著。他雙手抓著一條鱸魚，臉上洋溢著笑容。「你覺得這條魚應該怎麼烹調？水煮還是油炸呢？」谷朗柏老爺爺問司那夫金：「廚房裡有烤箱可以烤這條鱸魚嗎？誰會煮魚？不可以煮壞喔！」

「交給菲力強克小姐吧！」司那夫金說完，笑了出來，「我想菲力強克小姐是最適合烹煮這條魚的人選。」

*

菲力強克小姐緊張兮兮的從廚房探出頭，連鬍鬚都立了起來。她讓司那夫金走進廚房後，就立刻扣上門鍊。「我想我已經沒事了。」菲力強克小姐小聲的表示。

司那夫金點點頭。他知道菲力強克小姐指的並不是大雷雨嚇到了她。「谷朗柏老爺爺終於捕到第一條魚了，」司那夫金說：「亨姆廉先生說，只有亨姆廉家族的人才會煮魚。妳同意他的說法嗎？」

「當然不同意！」菲力強克小姐抗議：「應該是只有菲力強克家族的人才會煮魚！這點就連亨姆廉家族的人也心知肚明。」

「但是妳應該沒辦法將這條魚煮給所有人吃吧？」司那夫金略帶遺憾的說。

「是嗎？你覺得我辦不到嗎？」菲力強克小姐一把搶過鱸魚。「讓我好好研究一下，看看我是不是真的沒辦法將它煮給六個人吃！」菲力強克小姐又打開廚房的門，一臉嚴肅的對司那夫金說：「現在請你出去吧！我做菜的時候習慣自己一個人。」

「啊！」谷朗柏老爺爺一直在外面把耳朵貼在廚房門上偷聽，他忍不住發出驚呼：「沒想到她還是喜歡做菜！」

菲力強克小姐將鱸魚放在廚房地板上。

「我記得今天好像是父親節。」司那夫金喃喃自語的說。

「你確定嗎？」菲力強克小姐有點懷疑。她又轉頭望向門外的谷朗柏老爺爺，問道：「你有子女嗎？」

「當然沒有！」谷朗柏老爺爺回答：「我最討厭一大堆親戚了！我倒是有一些曾曾孫兒和曾曾孫女，只不過我已經忘記他們的名字和長相了。」

菲力強克小姐嘆了一口氣。「你們這些人難道就不能夠正常一點嗎？」她忍不住抱怨：「這間屋子裡的人快要逼瘋我了。現在麻煩你們兩位離開，我要開始做菜了。」

菲力強克小姐關上廚房的門，扣上門鍊，從地板上拿起鱸魚。她環顧姆米媽媽的廚房，準備開始大展身手，腦中只想著該如何料理這條魚。

*

在那場短暫但激烈的雷陣雨中，米寶姊姊整個人都導電了。她的頭髮冒出火花，手腳末端都在顫抖。「現在我的身體已經充滿能量了，」米寶姊姊心想：「可以去做任何事，可惜我根本什麼都不想做。能夠盡情做自己想做的事情，感覺真是美好。」她蜷起身子，縮在鴨絨被裡。她覺得自己像是一團發光的小閃電，也像一顆小火球。

*

托夫特站在閣樓裡，透過天窗往外看，天空中發出一道又一道的閃電，朝著姆米谷打下來。托夫特非常驕傲，整個人激動不已，可能還帶有一點點恐懼。「這是屬於我的閃電！」托夫特心想：「是我帶來的！我終於能讓自己編

出來的故事發生在現實生活中了！接著我該說一個關於世界上最後一隻貨幣蟲的故事，屬於單細胞動物的放射蟲……我可以製造打雷和閃電，但是沒有人知道那些都是我做出來的。」

托夫特覺得這個打雷閃電的故事已經壓過了對姆米媽媽的想像，並決定讓故事只保留給自己和貨幣蟲，絕對不再分享給其他人。其他人看見的打雷閃電都與他無關。托夫特能在空氣中感受到電的能量，但這種感覺相當奇怪，因為這是專屬他自己一個人的電力。他希望姆米谷裡只有他一個人，這樣他才能有更多空間發揮想像力。如果想要謹慎的編出新鮮有趣的故事，一定要享有充裕的空間，環境也必須相當安靜。

天花板上的蝙蝠還在沉睡，完全不受雷聲的影響。

這時亨姆廉先生在院子裡大喊：「托夫特，快點下來幫忙！」

托夫特一聽，只得離開閣樓，下樓幫忙亨姆廉先生。托夫特什麼都沒說，他的一頭亂髮看起來也和平時沒有兩樣。沒有人知道他的雙手藏著會打雷閃電的暴風雨。

「剛才打雷了，對不對？」亨姆廉先生問托夫特：「你害怕嗎？」

「我一點都不怕。」托夫特回答。

第十三章

音樂

下午兩點整，菲力強克小姐料理好谷朗柏老爺爺釣到的鱸魚。她將鱸魚藏在冒著熱氣的淺棕色大布丁裡，整間廚房洋溢著美食的香氣，聞起來相當舒服。這間廚房終於又變回它該有的模樣，也就是帶來安全感又能讓人掌控一切的地方。廚房是姆米神祕房屋的中心，也是她自信心的來源。無論噁心的小蟲或是可怕的大雷雨都無法靠近此地，因為這裡有她坐鎮。菲力強克小姐的恐懼與害怕都鎖進了她腦中最偏僻的角落。

「感謝老天爺！」菲力強克小姐心想：「雖然我再也無法打掃了，起碼我還能煮飯。我的人生尚未絕望！」她打開門走到陽台上，拿起姆米媽媽平時召喚大家用餐的銅鑼。她看著自己的倒影映照在閃亮的銅鑼上，臉上的表情既平靜又驕傲。菲力強克小姐拿起包覆著羚羊皮的木槌，用力敲擊銅鑼。咚！咚！咚！響亮的鑼聲傳遍了姆米谷。「吃飯囉！快點來吃飯喔！」

大家爭先恐後的跑來陽台，緊張的追問：「怎麼了？發生了什麼事？」

菲力強克小姐平靜的告訴大家：「用餐的時間到了。」

廚房餐桌上擺了六份餐具，谷朗柏老爺爺的位子安排在主位。菲力強克小姐知道谷朗柏老爺爺從頭到尾都站在廚房外偷看她做菜，迫不及待想品嘗他捕獲的鱸魚。現在谷朗柏老爺爺終於可以進入廚房，好好飽餐一頓。

「有美食可以吃，真是太好了。」米寶姊姊說：「醃漬小黃瓜與肉桂餅乾吃起來的口味實在不搭。」

「從現在開始，我要鎖上食物儲藏室的門。這間廚房是我的，現在請大家快點就座，趁熱享用桌上的餐點。」

「我抓到的魚呢？」谷朗柏老爺爺問。

「在桌上的料理裡頭。」菲力強克小姐回答。

「可是我想看一看那條魚！」谷朗柏老爺爺抱怨道：「我希望那條魚完完整整的，而且我要一個人獨享！」

「我的老天啊！」菲力強克小姐說：「雖然我知道今天是父親節，但是你也不應該這麼自私吧？」她覺得有時候不需要尊敬那些守舊又頑固的老人，而且應該讓他們知道彼此互相尊重的生活方式。

「我不想慶祝父親節。」谷朗柏老爺爺堅決的說：「我討厭父親節、母親節，還有那些小霍姆伯節！我討厭親戚！為什麼我們不能慶祝大魚節？」

「這些是剛剛煮好的美食！」亨姆廉先生語帶責備的對谷朗柏老爺爺說：「我們應該全部坐下來享用，像幸福美滿的一家人。我總是告訴大家，只有菲力強克家族的人才懂得如何煮魚。」

「哈！哈！哈！」菲力強克小姐聞言後得意的笑了。她看了司那夫金一眼，又發出一陣得意的笑聲：「哈！哈！哈！」

最後他們都安靜下來吃飯，菲力強克小姐不斷在爐子和餐桌之間走動，忙著上菜並招呼大家用餐，替每個人倒檸檬汁。要是有哪個人放下手中的刀叉，菲力強克小姐馬上就會皺起眉頭，溫柔的提醒那個人要多吃一點。

「我們應該舉杯，為父親節乾杯三次！」亨姆廉先生突然提議。

「我們沒有這種習慣。」谷朗柏老爺爺表示。

「不好意思，我只是想要表現出歡樂的氣氛，畢竟姆米爸爸也是一位父親啊，對不對？」亨姆廉先生嚴肅的看著大家，又說道：「我忽然有個好主意！我們每個人是不是應該要準備一份驚喜小禮物，等姆米爸爸回來之後獻給他？」

沒有人出聲回應。

「司那夫金可以幫忙修好浴場更衣室的碼頭。」亨姆廉先生逕自說著：「米寶姊姊可以幫忙洗大家的衣服。至於菲力強克小姐，我知道她非常會打掃家裡……」

菲力強克小姐聞言嚇得摔破了手中的盤子，大喊說：「不！我再也不要打掃了！」

「為什麼？」米寶姊姊問：「妳明明就很喜歡打掃啊！」

「我忘了為什麼。」菲力強克小姐結結巴巴的說。

「忘了也好。」谷朗柏老爺爺表示：「大家都應該把不愉快的事情趕出腦外！我要再抓一條魚，這次我要自己一個人吃！」他說完就拿起枴杖走了出去，但是離去前忘了拿下脖子上的圍巾。

「謝謝妳準備這麼豐盛的餐點。」托夫特向菲力強克小姐鞠了個躬。

司那夫金也稱讚的說：「布丁非常好吃。」

「你真的這麼認為嗎？」菲力強克小姐露出微笑，心思卻飄向了遠方。

吃飽之後，司那夫金就點燃菸斗，一路走到海邊。他的腳步緩慢，第一次感到些許寂寞。他直接走向浴場更衣室，打開更衣室那扇會發出怪聲的小門。浴場更衣室裡傳出一股怪味，既像發黴又像海草的味道，也像是過去幾個夏天一直累積在更衣室裡的憂鬱氣息。「唉，這些小屋應該也會寂寞吧？」司那夫金心想。他坐在浴場更衣室門前那道通往海邊的陡峭小階梯上，灰色的大海相當平靜。「或許，找到那些躲起來的人們並帶他們回家並不困難。地圖上畫出了所有小島。船上也有防水措施。但是我為什麼要替姆米一家煩惱？」司那夫金心想：「就讓他們去做自己想做的事吧！或許他們也不希望別人打擾。」

司那夫金已經放棄腦海中那五小節旋律，反正如果這些音符想要回來，自然就會回來。他還可以繼續譜寫其他歌曲，不必拘泥在這首歌上。「或許我今晚應該吹吹口琴。」他心裡盤算著。

＊

時節已經進入晚秋，入夜後就會變得非常漆黑。菲力強克小姐向來不喜歡夜晚，她覺得望著一片黑暗是最悲慘的事情，感覺就像獨自走向人生的盡頭，身旁沒人陪伴。所以，當菲力強克小姐將裝滿垃圾的水桶提到廚房外的階梯上時，動作比平常快了一倍，還立刻緊緊關上門。她晚上倒垃圾的時候向來如此。

但是今天晚上，菲力強克小姐反常

的站在階梯上，聆聽著黑夜的聲音。司那夫金在帳篷裡吹口琴，雖然琴聲聽起來不太清晰，但旋律相當優美。菲力強克小姐根本不懂音樂，但她自己不知道這一點，別人也沒發現。她專心聽著司那夫金的演奏，忘了所有可怕的事情。菲力強克小姐高瘦的身影站在亮著燈光的廚房前，如果真有什麼恐怖的壞人埋伏於黑暗中，她馬上就會遭遇不測，但是什麼事也沒發生。當司那夫金停止演奏時，菲力強克小姐深深嘆了一口氣，放下手中裝滿垃圾的水桶，轉身回到屋內。稍後托夫特會負責倒掉水桶裡的垃圾。

托夫特在閣樓裡繼續編故事：「貨幣蟲會蜷縮在姆米爸爸菸草田後面的大水池旁，靜靜等候出來活動的時機。貨幣蟲會等到長得夠大、夠強壯之後才出來，這樣牠們才更有自信，不必在乎任何事情，只要關注自己就好。本章到此結束。」

第十四章

尋找姆米一家人

沒有人睡在姆米媽媽和姆米爸爸的房間。姆米媽媽喜歡早晨的感覺，所以她的房間面朝東方。姆米爸爸的房間面朝西方，他喜歡一面欣賞夜空一面沉思。

有一天黃昏，亨姆廉先生偷偷跑到姆米爸爸的房間。他恭敬的站在門邊往裡面瞧，發現姆米爸爸的房間其實很小，天花板是斜的。這房間是一個很適合獨處的空間，如果不想被別人打擾，這裡也是很好的藏身處。姆米爸爸在藍色的牆壁上掛著奇形怪狀的樹枝，有些樹枝上面還吊著褲子的鈕釦。床頭上有一幅月曆和一片木板，月曆上的圖片是艘沉船，木板上則寫著「海格威士忌」。姆米爸爸的書桌上擺了幾顆特殊的石頭、一小塊金子，以及一些因為急著去旅行而忘了帶出門的小東西。在鏡台的下方擺著燈塔模型，模型有著尖尖的屋頂，門板上有精緻的雕花，燈屋上還有黃銅釘排列成的條飾。姆米爸爸甚至還用銅線做了一把小梯子，並且在燈塔的每扇窗戶都貼上銀紙。

亨姆廉先生看著房間內的擺飾，心裡不斷回想姆米爸爸到底是一個什麼樣的人。他試著回想自己與姆米爸爸一起做過或聊過的事，卻完全想不起來。這時他走到窗戶旁邊，望向窗外的院子。排列在枯萎花朵旁的貝殼在暮光中閃閃發亮，西沉的太陽將天空染成一片黃色，楓樹背著夕陽看起來漆黑無比。「姆米爸爸在秋天黃昏看見的風景，就是我此刻眼前的一切吧？」亨姆廉先生心想。

突然之間，亨姆廉先生知道下一步該做什麼了。他要替姆米爸爸在大楓樹上建造樹屋！亨姆廉先生覺得這個主意非常棒，忍不住開始哈哈大笑。「沒錯，這個點子太棒了！把樹屋蓋在大楓樹堅固的樹枝上，讓姆米爸爸偶爾能夠暫時離開家人，在樹屋裡自由幻想各種冒險的樂趣。」亨姆廉先生還打算在樹屋上掛一盞燈。完成後，他就可以和姆米爸爸一起坐在楓樹下，聆聽西南風吹拂的聲音，一面天南地北的閒聊。亨姆廉先生一想到這兒，立刻衝到走廊上大喊：「托夫特！」

托夫特急急忙忙從閣樓上跑下來。

「你又在讀那本書了嗎？」亨姆廉先生問托夫特：「太沉迷於書中是很危險的。你聽我說，我記得你很喜歡拔釘子，對不對？」

「我不喜歡拔釘子啊。」托夫特回答。

「如果我們要蓋樹屋，一定得有人做這項工作。」亨姆廉先生表示：「一個人負責建造，另一個人搬木板。或者是一個人拔掉舊釘子，另一個人釘入新釘子。你懂我的意思嗎？」

托夫特無言的看著亨姆廉先生。他知道自己就是「另一個人」。

他們走到柴房，托夫特開始拔釘子。柴房裡堆著許多舊木板，都是姆米一家人從海邊撿回來的。堅硬的灰色木板上有許多生鏽的鐵釘，托夫特要負責拔掉全部的釘子。亨姆廉先生則走到大楓樹下，仔細端詳樹枝與樹幹。

托夫特將木板上的鐵釘一根根撬開、拔除。此時太陽已經西沉，天空一片昏黃。托夫特拔著釘子，一面繼續對自己說著貨幣蟲的故事。他現在編故事的功力越來越厲害，不需要文字，只用圖像即可。文字太危險了，而且貨幣蟲正來到演化的生死存亡關鍵，這個時間點剛好適合改變說故事的方式。「貨幣蟲不再躲躲藏藏，牠們專注的觀察和聆聽，並且像影子般慢慢滑行到樹林外圍，一點也不感到害怕……」

「你喜歡拔釘子嗎？」聲音從托夫特身後傳來，米寶姊姊坐在劈柴的木台上。

「妳說什麼？」托夫特問。

「其實你根本不喜歡拔釘子，但你還拔著。」米寶姊姊說：「我真不明白為什麼。」

托夫特看了米寶姊姊一眼，什麼話都沒說。米寶姊姊身上有股薄荷味。

「而且你也不喜歡亨姆廉先生。」米寶姊姊又接著說。

「我從來沒有想過這些。」托夫特小聲的反駁，但同時也開始思考這件事。

米寶姊姊從木台上跳下來，一溜煙跑走了。黃昏的陽光變得暗沉，小河上漸漸瀰漫著灰色的濃霧，天氣也變得越來越冷。

「快點開門！」米寶姊姊站在廚房門外大喊：「我想進去妳的廚房裡取暖。」

這是頭一次有人對菲力強克小姐說「妳的廚房」，因此她馬上打開門說：「如果妳想取暖，可以坐在我的床上，但是請不要弄皺我的床單。」

米寶姊姊爬到菲力強克小姐的床上，就在爐子和洗碗槽中間。招呼完米寶姊姊之後，菲力強克小姐又繼續忙著製作明天要吃的麵包布丁。她找到一袋姆米一家人準備用來餵鳥的麵包屑。廚房裡很溫暖，爐子裡的火持續燃燒著，閃爍的火光映照在天花板上。

「和以前一模一樣。」米寶姊姊自言自語的說。

「妳是說，我現在的模樣就和姆米媽媽在家時一模一樣嗎？」菲力強克小姐不自覺的想弄清楚米寶姊姊的意思。

「不，我不是這個意思。」米寶姊姊回答：「我是說，這個爐子和以前一模一樣。」

菲力強克小姐繼續忙著製作麵包布丁，她穿著高跟鞋在廚房裡忙東忙西，心

裡突然萌生一股焦慮與疑惑。「剛才的話是什麼意思？」菲力強克小姐追問米寶姊姊。

「姆米媽媽煮飯時會一邊吹口哨。」米寶姊姊說：「我覺得這一切好像都……我也說不上來，總之和姆米媽媽不一樣。有時候姆米一家會將食物拿到外面吃，有時候甚至不吃……」米寶姊姊說完後就伸長手臂，準備入睡。

「我對姆米媽媽的了解比妳更深入！」菲力強克小姐不服氣的表示。她替烤鍋上油，將昨天剩下的湯倒進鍋裡加熱。她還偷偷在湯裡加入一些煮成泥狀的馬鈴薯。菲力強克小姐越想越生氣，最後忍不住衝到睡著的米寶姊姊面前大聲怒斥：「如果妳對姆米媽媽的了解和我一樣多，就不可能在這裡呼呼大睡！」

米寶姊姊醒了過來。她躺在床上，看著菲力強克小姐。

「妳根本什麼都不懂！」菲力強克小姐急躁的說：「妳也不知道姆米谷發生了什麼事！可怕的東西從樓上的大衣櫃裡跑了出來，牠們可能躲在任何地方！」米寶姊姊聞言後坐起身子問：「這就是妳在靴子外面套上捕蠅紙的原因嗎？」米寶姊姊說完打了一個哈欠，揉揉鼻子。她走到通往客廳的門邊，轉過頭對菲力強克小姐說：「不用緊張，整個姆米谷裡面沒有比我們更糟的傢伙了！」

「她是不是又在發脾氣了？」谷朗柏老爺爺從客廳問了一聲。

「她只是害怕。」米寶姊姊回答，接著往樓上走去，「她害怕樓上大衣櫃裡的某種東西。」

屋外的天色已經相當陰暗，住在姆米谷的這些人通常在天色變暗之後就會入睡，而且睡得很久。隨著時令慢慢進入冬季，他們的睡眠時間也變得越來越長。托夫特在陰暗的閣樓裡輕輕說了聲晚安，亨姆廉先生也轉身面對牆壁入睡。亨姆廉先生計畫為姆米爸爸的樹屋加上圓形屋頂，還打算漆成綠色的，並在上頭畫些金色的星星。姆米媽媽的書桌抽屜裡應該有一些金色的油漆，而且他自己也在柴房裡放了一些古銅色的油漆。

等到大家都熟睡之後，谷朗柏老爺爺拿著蠟燭走到樓上，站在大衣櫃外面輕聲說：「你是不是在裡面？我知道你一定在裡頭。」他小心翼翼的打開大衣櫃的門，看見掛在大衣櫃門後的那面鏡子。

他手上的燭光相當微弱，能照亮的範圍有限，但是谷朗柏老爺爺覺得自己清楚看見了老祖宗。他頭戴帽子，手裡拿著一根拐杖，模樣看起來非常奇怪，而且他身上的袍子太長，腳上還綁著綁腿，沒戴眼鏡。谷朗柏老爺爺往老祖宗的方向靠近一步，

老祖宗也朝著谷朗柏老爺爺的方向靠近一步。

「所以你現在不住在壁爐裡了嗎？」谷朗柏老爺爺問老祖宗：「你的年紀到底多大了？你從來不戴眼鏡嗎？」谷朗柏老爺爺相當興奮，開心的用拐杖敲擊著地板，以便強調自己的話語。沒想到老祖宗也做出相同的動作，卻沒有回答。

「老祖宗肯定是聾了。」谷朗柏老爺爺自言自語的說：「真是可憐的老聾子。但能夠遇上一位明白年老感覺的人，也算是好事一樁。」谷朗柏老爺爺就這樣一直盯著老祖宗看，老祖宗也回望著他。最後，兩人才懷著敬意向對方告別。

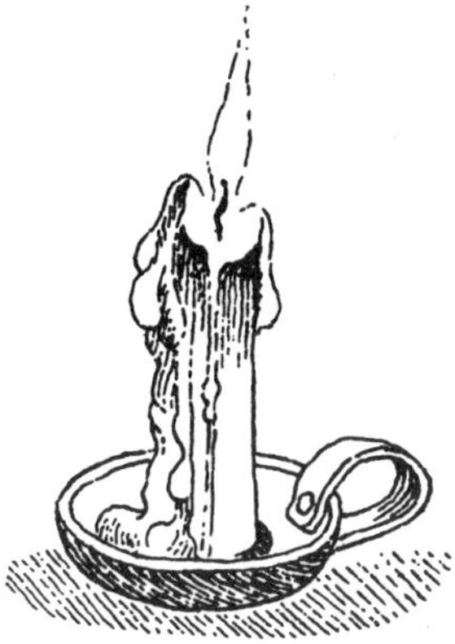

第十五章

貨幣蟲

白天變得越來越短，也越來越冷。雨下得不多，太陽每天只會在中午時刻短暫露臉，將姆米谷光禿禿的樹影照在地上。至於早上和傍晚，姆米谷的光線都很陰暗，接著夜晚又會悄悄到來。大家已經看不到太陽下山的景象，只能看見天空中黃澄澄的落日與遠山的圓形輪廓，彷彿他們活在井底。

亨姆廉先生和托夫特忙著建造姆米爸爸的樹屋，谷朗柏老爺爺每天都能捕獲幾條魚，菲力強克小姐開始一面煮飯一面吹口哨。

那是一個沒有暴風雨的秋天，大雷雨也不再光臨姆米谷，只是經常在遠處隱約發出隆隆聲響，反倒凸顯出姆米谷的寧靜安詳。只有托夫特心裡明白：每次只要一打雷，貨幣蟲就會長大一些，而牠們原本的羞怯也會減少一些。貨幣蟲現在已經長得很大了，模樣也變了許多，還會張開嘴巴、露出牙齒。某個黃昏，貨幣蟲在夕陽餘暉下慢慢靠近水池，頭一次見識到自己牙齒的模樣。牠張嘴打了個哈欠後又閉上嘴巴，只露出牙齒，心想：「我現在不需要依靠別人，因為我有牙齒了。」

托夫特不敢讓貨幣蟲繼續長大，他將那些可怕的畫面都趕出腦海，但是海面上仍持續傳來隆隆作響的雷聲，托夫特覺得貨幣蟲一定還在偷偷長大。

每天晚上，托夫特如果不先說點故事給自己聽，就無法安然入睡，他這種習慣持續多年了。他仍然繼續閱讀那本介紹貨幣蟲的書，只是理解的內容越來越少。托夫特讀到介紹貨幣蟲內部結構的章節，覺得這個部分相當無趣。

某天夜裡，菲力強克小姐跑到閣樓上。她先敲敲門，再將門打開，小心翼翼的向托夫特打招呼：「晚安！你好嗎？」

托夫特從書本中抬起頭，等著菲力強克小姐說明來意。

身材高瘦的菲力強克小姐在托夫特身旁坐

下，歪著頭問：「你在讀什麼啊？」

「我在讀書。」托夫特回答。

菲力強克小姐做了一次深呼吸，切入正題：「你的年紀這麼小，身旁又沒有媽媽照顧，日子一定很不好過吧？對不對？」

托夫特躲到椅子後方，他不好意思面對菲力強克小姐，也沒回答她提出的問題。

菲力強克小姐伸出手，她原本想撫摸托夫特，考慮了一下又縮了回去。她誠懇的告訴托夫特：「我昨天晚上突然想到你。你叫什麼名字來著？」

「我叫托夫特。」托夫特回答。

「托夫特。」菲力強克小姐重複了一次：「真是一個好聽的名字。」她想要多稱讚托夫特一些，但是她不太了解小孩子，也不是真的很喜歡他們。想了半天，她才又開口說：「你在這裡夠不夠暖和？住得還習慣嗎？」

「一切都很好，謝謝妳。」托夫特回答。

菲力強克小姐注視托夫特的眼睛，試探性的追問：「你確定嗎？」

托夫特往後退縮了一點，菲力強克小姐覺得自己好像嚇到他了。最後他才含糊的說：「如果能有一條毛毯的話，或許會更好。」

菲力強克小姐馬上站起身來。「我這就去拿毛毯給你。」她熱心的表示：「你先等一等，我不到一分鐘就會回來……」托夫特隨即聽見菲力強克小姐衝下樓又跑上來的聲音，回來時手裡拿著一條毛毯。

「非常感謝妳。」托夫特向菲力強克小姐道謝，對著她一鞠躬，「這條毛毯看起來非常棒。」

菲力強克小姐這才露出微笑。「千萬別客氣。」她說：「如果換成是姆米媽媽，一定也會做相同的事。」她將毛毯放在地上，躊躇了片刻後才轉身離開。

托夫特將那條毛毯摺疊整齊，收進櫃子裡，然後又爬回棉被裡繼續閱讀。無奈他的閱讀成效不佳，因為他能理解的內容越來越少，無論重複閱讀相同的句子多少次，還是不明白自己到底讀了什麼內容。到了最後，他決定將書擱到一旁，吹熄蠟燭，到外面散散步。

他想去陽台上看看水晶球，沒想到走錯路，在院子裡迷路了好一會兒，彷彿姆米家的院子是他從未到過的陌生之境。摸索了老半天，托夫特終於在黑暗中找到水晶球。水晶球中間的藍光已經不見了，整顆水晶球像是蒙上了一層霧，變得相當陰暗，猶如伸手不見五指的黑夜。突然間，神奇水晶球裡的霧氣開始流動，接著又消失無蹤，彷彿所有的霧氣都被吸進了球裡深不可測的暗處。

托夫特繼續沿著小河散步，先走過姆米爸爸的菸草田，再走到大水池旁邊的樅樹林底下。枯萎的蘆葦在兩旁發出沙沙聲，他的鞋子踩在沼澤地裡，鞋底變得髒兮兮。

「你在那裡嗎？」托夫特輕聲喊著：「小貨幣蟲，你好嗎？」

黑暗中，某個生物向他發出一聲嗥叫。

托夫特嚇了一跳，連忙拔腿就跑。他一路上跌跌撞撞，直到看見司那夫金的帳篷才停下腳步。帳篷在黑夜中看起來像是寧靜的綠色燈光線，而司那夫金正在帳篷裡吹奏著口琴。

「是我，托夫特。」托夫特先在帳篷外輕聲報上名號，才走了進去。他以前從來沒有進過司那夫金的帳篷。帳篷裡面的氣味很好聞，有一種混合著菸草與泥土的味道。睡袋旁邊有一根蠟燭插在糖盒子上，地面上散布著許多木頭細屑。

「我正在削木頭湯匙。」司那夫金告訴托夫特：「你怎麼了？是不是受到什麼驚嚇？」

「姆米一家人是不是根本不會回來了？」托夫特問：「我覺得他們欺騙我。」

「我不相信他們不會回來。」司那夫金表示：「或許他們只是想要靜靜的度個假。」他說完便拿起熱水瓶，倒了兩杯熱茶。「那裡有糖，你可以自己加。我相信他們總有一天會回來的。」

「總有一天！」托夫特忍不住大喊：「我希望姆米媽媽馬上回來！我只想見到她！」

司那夫金聳聳肩。他做了兩份三明治，說：「但是，我們不知道姆米媽媽想不想馬上回來啊……」

托夫特不再多說什麼。當他轉身離開時，司那夫金在身後叫住他：「你要謹慎一點，任何事物都不可以想像得太過誇張。」

司那夫金說完後又繼續吹口琴。菲力強克小姐手提著裝滿垃圾的水桶，站在廚房外的階梯上聆聽司那夫金的口琴聲。托夫特刻意繞了遠路，悄悄溜回姆米家中，沒讓菲力強克小姐發現他。

第十六章

野餐

隔天，司那夫金被通知要和大家一起吃午餐，但是一直等到下午兩點，甚至兩點十五分了，菲力強克小姐都還沒有敲鑼呼喚大家吃飯。到了下午兩點半，司那夫金在帽子上插了一根新羽毛，走到姆米家一探究竟。他看見原本放在廚房裡的餐桌抬到了院子的台階旁，亨姆廉先生和托夫特正忙著將椅子一張張扛出屋外。

「我們今天要野餐。」谷朗柏老爺爺不高興的說：「她說我們今天要隨興所至，做自己想做的事。」

菲力強克小姐端著食物走出廚房，今天的午餐是燕麥粥。一陣涼風吹進姆米谷，讓燕麥粥的表面頓時凝結出一層薄膜。

「現在請享用午餐，不要客氣。」菲力強克對托夫特說，拍了拍他的頭。

「我們為什麼要在屋外吃飯？」谷朗柏老爺爺不高興的抱怨，刮掉燕麥粥上冷掉的薄膜。

「你必須連燕麥粥的薄膜一起吃掉。」菲力強克小姐說。

「我們為什麼不能在廚房裡吃飯？」谷朗柏老爺爺又問了一次。

「有時候，我們應該隨性的做一些自己想做的事。我們可把食物拿到任何地方享用，甚至什麼都不吃。這樣很好玩啊！」菲力強克小姐解釋。

由於院子裡的地面不平，餐桌桌面也就斜斜的，亨姆廉先生只好把餐盤拿在手上。「有一件事情讓我覺得很困擾。」亨姆廉先生表示：「樹屋的圓形屋頂出了一點問題。雖然托夫特依照我的指令鋸木頭，但是鋸出來的木頭就是不對。只要不小心多鋸掉一點點，木板就會變得太短而無法順利接合。你們懂我的意思嗎？」

「何不蓋個平常的屋呢？」司那夫金提議。

「就算是蓋平常的屋頂，問題還是一樣啊。」亨姆廉先生回答。

「我不喜歡吃燕麥粥上面冷掉的薄膜。」谷朗柏老爺爺說。

「當然，我還有其他方法可以解決。」亨姆廉先生又繼續說：「這間樹屋也可以完全沒有屋頂！我一直坐著沉思，突然想到，也許姆米爸爸喜歡看星星。你們不覺得他寧可看見星星嗎？」

托夫特突然氣憤的大喊：「從頭到尾都是你的想法！你根本不知道姆米爸爸到底喜歡什麼！」

在座每個人都被托夫特嚇得停下用餐的動作，全都看著他。

托夫特抓著餐桌的桌巾，激動的怒吼：「你總是做一些自己高興的事情！你憑什麼突發奇想，做這件大工程？」

「哇，真看不出來！」米寶姊姊驚訝的說：「托夫特氣得咬牙切齒呢！」

托夫特氣呼呼的站起來，椅子往後倒在地上，鑽進桌子底下躲了起來。

「沒錯。托夫特平常那麼乖巧聽話。」菲力強克小姐也感到相當錯愕，「沒想到他竟然選在野餐的時候發火。」

「菲力強克小姐，妳聽我說。」米寶姊姊嚴肅的表示：「我不覺得叫大家到戶外吃飯就能讓妳變成姆米媽媽。」

菲力強克小姐一聽，站起身來大喊：「姆米媽媽！姆米媽媽！你們為什麼一天到晚要提到她？她到底有什麼了不起？姆米一家人根本就邋遢得要命，每個人都髒兮兮的！他們雖然懂得打掃，卻連自己的家也不肯好好清理乾淨！再說，他們沒有留下任何紙條就出遠門去，他們應該知道我們……他們應該要知道……」菲力強克小姐無助的閉上嘴。

「紙條！」谷朗柏老爺爺突然說：「我之前發現一張紙條，但是我把它收起來了。」

「什麼！你收在什麼地方？」司那夫金追問。

所有的人全都站起身來。

「我收在某個地方了。」谷朗柏老爺爺結結巴巴的說：「我還是去釣魚好了，我一點都不喜歡今天的野餐！這一點也不好玩！」

「你快點仔細想一想啊！」亨姆廉先生哀求：「快點回想一下。我們可以幫你一起找。你最後一次看見那張紙條是什麼時候？如果你現在又發現一張紙條，你會收到什麼地方？」

「我現在正在度假！」谷朗柏老爺爺這下子動怒了，「度假時，我想忘記什麼事情都可以！我覺得忘掉事情很棒！我故意要忘掉所有事情，因為我只想記住一、兩件重要的好事。我現在要離開去找我的好朋友老祖宗聊天。他什麼事情都知道，而你們總是自以為知道所有事！」

谷朗柏老爺爺走到大衣櫃拜訪老祖宗。老祖宗看起來和平常一樣，只是脖子多了一條餐巾。

「你好！」谷朗柏老爺爺說：「我今天很生氣！你知道那些傢伙對我做了什麼事嗎？」他說完後等了一會兒，只見老祖宗無聲的搖頭跺腳。

「你說得沒錯！」谷朗柏老爺爺又說：「他們毀了我的假期。我在這個地方，覺得自己能夠忘掉一切是值得驕傲的事，但他們突然又開始逼我記得各種事情！這讓我的胃開始痛了起來，我太生氣時都會胃痛。」

來到姆米谷這麼久，谷朗柏老爺爺頭一次想起他出門時隨身帶了各種藥物，但是他已經不記得把那些藥放在什麼地方了。

＊

「他的藥放在籃子裡。」亨姆廉先生說：「谷朗柏老爺爺說他把藥放在籃子裡，但是籃子不在客廳。」

「他會不會忘在院子裡了？」米寶姊姊問。

菲力強克小姐氣急敗壞的抱怨：「谷朗柏老爺爺說，一切都是我們的錯！為什麼要把帳算在我頭上？我只不過替他準備了一杯黑醋栗果汁，他也喝得津津有味啊！」菲力強克小姐氣嘟嘟的看了米寶姊姊一眼，接著又說：「我知道，每次只要一有人身體不舒服，姆米媽媽就會馬上準備熱熱的黑醋栗果汁，但其實我平常也會這麼做。」

「大家請冷靜一點。」亨姆廉先生說：「讓我告訴你們應該怎麼做。現在最重要的，就是找到谷朗柏老爺爺的藥罐與白蘭地，還有姆米一家人留下的紙條，以及谷朗柏老爺爺的八副眼鏡。我們應該分頭行動，一些人在姆米谷各處找找看，一些人則留在屋子裡尋找……」

「對對對！」菲力強克小姐連忙環顧客廳裡的每個角落，焦慮的問谷朗柏老爺爺：「你現在覺得怎麼樣？」

「很不舒服。」谷朗柏老爺爺回答：「吃了燕麥粥那層冷掉的薄膜，讓我相當不舒服，而且你們不讓我忘記我想忘的事！」他躺在沙發上，身上蓋著毛毯，帽子也還戴在頭上。

「你今年到底幾歲了？」菲力強克小姐好奇的問。

「還沒有老到快死掉的年紀！」谷朗柏老爺爺突然又充滿活力的回答：「那妳呢？妳幾歲了？」

菲力強克小姐一聽，立刻轉身溜走。大夥兒都在

姆米家裡面忙著翻找，每個房間的門開開關關，院子裡也盡是東奔西跑的腳步聲。大家心裡都只掛念著谷朗柏老爺爺，其餘什麼都沒多想。「我的籃子可能放在任何地方。」谷朗柏老爺爺想，他的心情舒坦多了，胃也不痛了。

米寶姊姊突然走進客廳，坐在谷朗柏老爺爺的沙發旁。「谷朗柏老爺爺，我知道你其實和我們一樣健康，你自己也心知肚明。」

「大概吧。」谷朗柏老爺爺回答：「但除非你們為我舉辦一場派對，否則我絕對不從沙發上起來！一場慶祝老年人身體康復的小型派對！」

「大家也可以替喜歡跳舞的米寶姊姊舉辦一場大型派對！」米寶姊姊表示。

「不可以！」谷朗柏老爺爺大喊：「大家應該替我和老祖宗舉辦一場盛大的派對！老祖宗已經一百年沒有參加過派對了，他現在正坐在大衣櫃裡嘆氣呢！」

「如果你這樣認為的話，就隨便你吧。」米寶姊姊笑著說。

「我們找到籃子了！」亨姆廉先生的聲音從外頭傳來，其他人也緊接著魚貫走進客廳。「就放在陽台底下！」亨姆廉先生驚呼：「至於白蘭地則放在小河的另一側。」

「那是小溪流，不是小河！」谷朗柏老爺爺糾正說：「我要先喝白蘭地。」於是菲力強克小姐替谷朗柏老爺爺倒了一點白蘭地，大家充滿關心的看著他喝下。

「你每一種藥都想吃一點，還是只想吃一種藥就好？」菲力強克小姐問。

「我什麼藥都不想吃。」谷朗柏老爺爺回答，然後倒在沙發的椅墊上，嘆了長長一口氣，「拜託以後不要在我面前提到我不想聽見的事。除非你們為我舉辦派對，否則我的身體無法康復……」

「脫掉他的靴子。」亨姆廉先生說：「托夫特，脫掉谷朗柏老爺爺的靴子。胃痛的時候，應該要脫病人的鞋子。」

托夫特替谷朗柏老爺爺解開鞋帶，幫他脫掉靴子，突然發現其中一隻靴子裡有一張皺皺的紙片。

「姆米家留下的紙條！」司那夫金驚呼。他趕緊攤平紙片，大聲念出紙條上的字：

請不要在壁爐裡點火。老祖宗住在壁爐裡。姆米媽媽留。

第十七章

做好準備

菲力強克小姐再也沒提起過大衣櫃裡的生物，她將心思都放在她習慣煩惱的小事情上。只是每當夜闌人靜的時候，她還是會聽見一些難以分辨的微弱聲音，像是有什麼東西在壁紙裡爬行，有時候又像某種生物急忙跑過護牆板的腳步聲。有一次，菲力強克小姐甚至覺得死亡甲蟲在她的床頭上發出蟲鳴。

菲力強克小姐每天最愉快的時光，就是敲鑼呼喚大家吃飯，以及天黑之後將裝著垃圾的水桶提到廚房外的時候。司那夫金幾乎每個晚上都會吹奏口琴，菲力強克小姐差不多已經學會了他的曲調，但是她只敢在四下無人的時候偷偷用口哨吹出來。

有一天晚上，菲力強克小姐坐在廚房的爐子邊，想找個不睡覺的藉口。

「妳睡了嗎？」米寶姊姊突然出現在廚房門口，她不等菲力強克小姐回答，就逕自走進廚房，「我需要一些雨水來洗頭髮。」

「是嗎？」菲力強克小姐回答：「我覺得用河水也不錯呢！河水存放在中間的水桶裡，那可是來自春天的水喔。但如果妳堅持的話，也可以用雨水洗頭髮。小心不要弄濕地板。」

「妳好像又恢復成原本的模樣了。其實我覺得妳原本的樣子比較好。」米寶姊姊說，一邊把水放在爐子上，「我在派對上會放下頭髮來。」

「什麼派對？」菲力強克小姐緊張的問。

「大家要替谷朗柏老爺爺舉辦的派對啊。」米寶姊姊回答：「妳不知道我們明天要在廚房裡舉辦派對嗎？」

「謝謝妳告訴我！我還真的不知道呢！」菲力強克小姐驚呼：「這可是大事！既然我們大夥兒聚在一起，本來就應該舉辦這樣的活動。我們還可以在派對上玩遊戲，例如在派對進行時突然關燈，再把燈打開，其中一個人趁著熄燈時趕緊躲起來。」

米寶姊姊充滿興趣的看著菲力強克小姐。「有時候妳的言行舉止還真令人感到意外！」米寶姊姊說：「這可不是一件壞事喔！妳剛才說的那個遊戲，是不是大家一個接一個消失，最後只剩下一隻貓。那隻貓還以為大家都死掉了？」

菲力強克小姐聞言後忍不住打了一個寒顫。「可是這裡沒有貓啊！」她表示：「而且我覺得妳的水已經燒得夠熱了。」

「要找隻貓來還不容易？」米寶姊姊露齒而笑：「妳只要發揮一下想像力，貓咪就出現啦！妳馬上就可以得到一隻貓！」她說完就提著熱水走到廚房門邊，用手肘推開廚房的門。「晚安囉！」米寶姊姊臨別前不忘提醒菲力強克小姐：「記得要替妳的頭髮上髮捲喔。亨姆廉先生說，由妳負責布置廚房，因為妳最有藝術氣息。」她說完後就走了出去，用腳靈巧的關上門。

菲力強克小姐的心臟不停狂跳。她是最有藝術氣息的人！亨姆

廉先生竟然稱讚她最有藝術氣息！這是多麼棒的讚美！菲力強克小姐不斷對自己重複這份讚美。

靜悄悄的深夜裡，菲力強克小姐拿著廚房的小燈，走到姆米媽媽的儲物櫃前，開始翻找放在上面的紙盒，尋找有沒有什麼東西可以用來布置廚房。儲物櫃上層右手邊的紙盒裡照例放著日式燈籠與蝴蝶結，但是擺放的方式相當凌亂，上面還沾了一些蠟燭的蠟油。紙盒裡面也有復活節的裝飾品以及玫瑰圖案的生日禮物包裝紙，那些舊包裝紙上寫著：「給親愛的姆米爸爸」、「親愛的亨姆廉先生生日快樂」、「獻上最深的祝福」、「我們親愛的朋友米妮生日快樂」、「賈夫西夫人，最真摯的祝福」。但姆米一家人其實並非真的喜歡賈夫西夫人。

菲力強克小姐發現一些彩帶，便把它們統統拿到廚房，披掛在瀝水槽上。她弄濕自己的頭髮，再纏上髮捲。菲力強克小姐從頭到尾都輕輕吹著口哨，她吹口哨的技巧其實已經相當精湛，只不過她自己沒有發現這一點。

托夫特也聽說了派對的事，但是亨姆廉先生稱這場派對為「在家共度愉快的一晚」。托夫特知道每個人都得準備表演節目來娛樂大家，他也知道這個所謂的「在家共度愉快的一晚」就是要開心的與大家談話。但是他一點也不覺得高興，他只想要一個人獨處，檢討自己上個星期天吃午餐的時候為什麼突然情緒失控。托夫特非常驚訝自己竟有那麼可怕的一面，與平常的他完全不同。他不確定那個可怕的托夫特會不會哪天又突然出現，讓他在大家的面前丟臉。自從星期天午餐之後，亨姆廉先生就獨自一人忙著搭蓋樹屋，沒有再找托夫特幫忙。他們兩人都覺得有點尷尬。

「我怎麼可以對亨姆廉先生發那麼大的脾氣？」托夫特沉思著：「他又沒有對我做什麼，我根本不該對他生氣。再說，我以前從來沒有發過脾氣。當時好像有某種情緒占據了我的心，像是大洪水！我真的一點惡意也沒有。」

個性善良的托夫特走到河邊提水。他用水桶裝滿水之後，就把水桶提到司那夫金的帳篷旁。司那夫金坐在帳篷裡，可能還在繼續忙著製作他的木頭湯匙，但也可能什麼都沒做，只是靜靜的思考一些別人都不知道的事。司那夫金說的每句話聽起來都很有道理很正確，然而當托夫特一個人獨處的時候，總是想不透司那夫金所說的那些話，但也不好意思再回去問個究竟。況且有些時候，司那夫金根本不回答別人提出的問題，反倒轉移話題，改聊一些喝茶或天氣之類的事，一邊抽著菸斗，還隱約發出很奇怪的聲音，讓人覺得自己是不是問了什麼愚蠢的問題。

「為什麼大家這麼崇拜司那夫金呢？」托夫特認真的思考著：「或許大家是因為司那夫金總是離群索居，才對他充滿敬意？但我也總是一個人

躲在角落裡，卻沒人發現。難道是因為我還太小嗎？」托夫特慢慢走進姆米家的院子，來到大水池邊，心想：「那些表面上對我友善、但其實並非真正喜歡我的人，我不想把他們當成朋友。至於那些基於禮貌才表現出友善態度的人，我也不喜歡。而我更不想要可怕的傢伙當朋友。我只喜歡那些不可怕又真正喜歡我的人！我想要有一個媽媽！」

一到秋天，大水池就變成陰暗可怕的地方，彷彿有奇怪的生物躲在這裡，靜靜等待出沒的時機。但是托夫特覺得貨幣蟲已經不在這裡，牠早就離開了。貨幣蟲露著新長出來的牙齒，離開了姆米谷。真正賦予貨幣蟲那口新牙的人，其實是托夫特。

谷朗柏老爺爺坐在橋上打瞌睡。托夫特經過他身邊時，谷朗柏老爺爺突然醒了過來，興奮的大喊：「我們要舉行派對了！大家要為我舉行一個盛大的派對！」

托夫特想悄悄溜過谷朗柏老爺爺身邊，但是谷朗柏老爺爺伸出拐杖阻擋托夫特的去路。「你聽我說！」谷朗柏老爺爺對著托夫特大喊：「我告訴亨姆廉先生，老祖宗是我最好的朋友，他一百年沒參加過派對了，所以我們要邀請老祖宗擔任派對的嘉賓！雖然亨姆廉先生再三表示同意，但我還是要告訴你們每一個人，如果老祖宗不能參加這場派對的話，我也拒絕出席！你明白了嗎？」

「是，」托夫特小聲的回答：「我明白了。」但其實托夫特心裡只掛念著貨幣蟲。

米寶姊姊坐在陽台上，晒著溫暖的陽光，一面梳理頭髮。「你好啊！托夫特！」她說：「你準備好表演了嗎？」

「我什麼都不會。」托夫特一回答完就打算轉身離開。

「過來我這裡！」米寶姊姊說：「我來幫你梳梳頭髮。」

托夫特站到米寶姊姊身前，讓她梳理他亂七八糟的頭髮。「其實你每天只需要花十分鐘梳頭，頭髮就不會亂七八糟了。」她說：「你的頭髮還算柔順，顏色也很漂亮。你真的什麼表演都不會嗎？對了，你之前不是突然大發雷霆嗎？但你後來卻躲到桌子底下，讓一切變得好掃興喔！」

托夫特動也不動的站著，他喜歡米寶姊姊替他梳頭的感覺。「米寶姊姊。」托夫特害羞的開口：「如果妳是一個身形巨大而且脾氣很差的傢伙，妳會上哪兒去呢？」

米寶姊姊想都不想就馬上回答：「我會到院子後方那片可怕的樹林裡去，就在廚房後面。他們生氣的時候，就會跑到那個地方去。」她繼續替托夫特梳頭髮，托夫特問：「妳是說，妳生氣的時候就會跑到那個地方去？」

「不是我，是姆米一家人生氣的時候。」米寶姊姊回答：「他們受不了某件事情或者是生氣的時候，就會跑到那片樹林裡去，讓心情冷靜下來。」

托夫特往後退了一步，激動的大喊：「怎麼可能！姆米一家從來不生氣的！」

「乖乖站好。」米寶姊姊表示：「如果你一直這樣亂動，我要怎麼替你梳頭髮？我還可以告訴你一件事：姆米爸爸和姆米媽媽經常因為受不了對方而吵架。快點回來我這裡。」

「我不要！」托夫特大叫：「姆米媽媽怎麼可能會是那種人！她一向非常溫柔！」托夫

特衝進姆米家的客廳，用力甩上門。其實米寶姊姊說謊，她根本對姆米媽媽一無所知。她不知道，一位媽媽絕不可能亂發脾氣或者與人吵架。

*

菲力強克小姐在廚房裡掛上最後一條彩帶，一條藍色的彩帶。她往後退了一步，靜靜欣賞這間屬於她的廚房。這間廚房曾經是全世界最骯髒的地方，現在已經布置得滿是藝術氣息！大家稍後可以提早在陽台上用餐，主菜是熱騰騰的魚湯。過了晚上七點，還有威爾斯乾酪以及熱蘋果汁。蘋果汁是菲力強克小姐在姆米爸爸的櫃子裡發現的，乾酪則是她在食物儲藏室最頂層的架子上找到的，乾酪上面還特別以紙條注明：保留給田裡的老鼠們享用。

菲力強克小姐優雅的將餐巾放到餐桌上。她把餐巾全都摺成天鵝的形狀，但是她沒有替司那夫金準備餐巾，因為司那夫金從來不用餐巾。菲力強克小姐輕輕吹著口哨，她的劉海都上了髮捲，這樣一來，大家就能清楚看見她連眉毛也化了妝。現在她不再覺得壁紙後面有東西在爬來爬去，也沒有任何生物急忙跑過護牆板的腳步聲，就連死亡甲蟲也不再發出鳴叫。菲力強克小姐現在根本沒有時間理會那些東西，她必須趕快準備派對的節目。她打算表演皮影戲，戲名叫作《姆米一家回來了》。「我的皮影戲一定要充滿戲劇性！」菲力強克小姐冷靜的盤算著：「到時候大家都會愛死這齣戲。」她先將廚房通往外面以及客廳的兩扇門全都上鎖，再把紙張放在排水板上，開始畫圖。她畫了四個人坐在船上，兩個大人，一個小孩，還有一個坐在船頭、身材非常迷你的小小孩。雖然菲力強克小姐無法好好的將腦中的圖案畫在紙上，也沒有橡皮擦可以修改，但最重要的是她的靈感。菲力強克小姐畫好後，就剪下圖畫貼在掃帚握把的頂端。她安靜的進行這項任務，小心又謹慎。菲力強克小姐從頭到尾都吹著口哨，但是她吹的不是司那夫金的歌曲，而是她自己的歌。事實上，菲力強克小姐吹口哨的本事遠勝過她畫圖與剪貼的技巧。

時間轉眼來到黃昏，菲力強克小姐點亮了廚房的燈。今天的暮光一點也不寂寞，反而充滿了希望。廚房的燈在牆壁上照出一片微弱的光暈，菲力強克小姐高舉掃帚，上面貼著姆米一家人搭船的剪紙，在壁紙上投射出影子。她接下來得準備白色床單，當成白色的海洋，好將剪影投射在上面……

「快點開門！」谷朗柏老爺爺在客廳外面大喊。菲力強克小姐打開一道小門縫隙，她說：「派對還沒開始，你來早了！」

「我有重要的大事！」谷朗柏老爺爺壓低聲音說：「我已經正式邀請老祖宗來參加派對，還送去了邀請函。妳必須把這個放在餐桌上，以表示對嘉賓的尊重。」谷朗柏老爺爺將一把又大又濕的花束塞進門縫裡，花束裡面有樹葉與青苔。菲力強克小姐看了枯萎的花束一眼，馬上不高興的皺起眉頭。「我的廚房裡不可以有這種充滿細菌的玩意兒。」她說。

「這可是楓樹的葉子啊！我在小溪流裡洗乾淨了。」谷朗柏老爺爺抗議。

「細菌最喜歡水了。」菲力強克小姐強調：「你吃過藥了嗎？」

「妳覺得我在參加派對之前還得先吃藥？」谷朗柏老爺爺輕蔑的表示：「我早就忘光那些藥了！而且，妳知道我還做了什麼事嗎？我也弄丟所有的眼鏡了！」

「太好了，恭喜你。」菲力強克小姐冷淡的說：「我建議你將這束花直接送到大衣櫃給老祖宗，這樣更有禮貌。」她一說完，就用力甩上門。

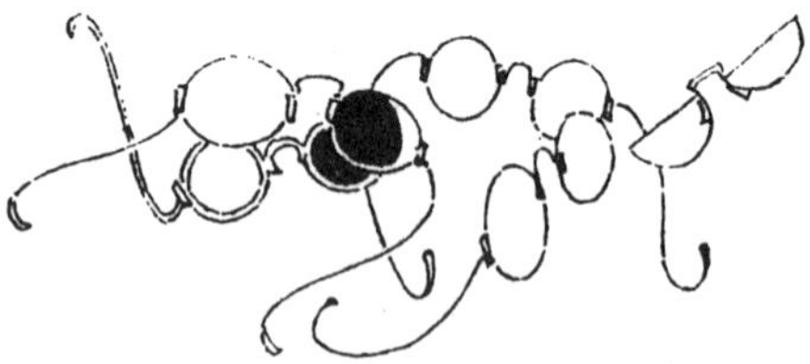

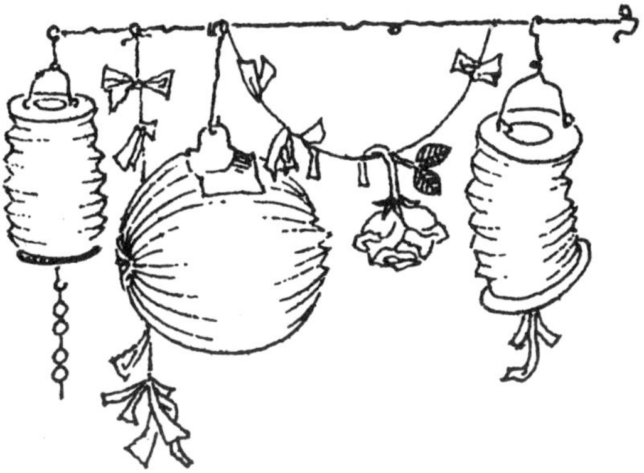

第十八章

缺席的朋友

廚房裡的燈籠都點亮了，包括紅色、黃色和綠色的燈籠，它們柔和的光影映照在陰暗的窗玻璃上。大夥兒陸續走進廚房，彼此客氣的打招呼，隨即各自就座。不過亨姆廉先生沒有坐下，反而站在椅子旁。他說：「這場派對叫作『在家共度愉快的一晚』，也就是一家人和睦相處的精神所在。今晚一開始，我想要先為大家讀一首詩。這首詩是我為這個特別的夜晚寫的，我打算獻給姆米爸爸。」亨姆廉先生說完拿出一張小紙條，以充滿情感的語調朗讀：

噢！你們說，真正的幸福是什麼？
是舒服的一眠？還是深情的一眼？我覺得都不是：
能駕著小船航過沼澤污泥與蘆葦花叢，直接通往大海，才是真正的幸福！
因為浩瀚的海洋令人無限景仰！
噢！人生是什麼？只是一場夢。
人生就像一條難以理解的神祕河流，

一種溫柔的感覺充滿了我的胸膛，
我不知道如何讓這條河流停止，也不知道它將通往何處！
我的煩惱好多好多，讓我痛苦不已。
我多麼希望自己手中握著船槳，朝向大海航行而去！

大家聽完後都給予亨姆廉先生熱烈的掌聲。

「煩惱好多好多！」谷朗柏老爺爺重述亨姆廉先生的詩句：「寫得真好，我年輕的時候，大家都是用這種方式說話。」

「請等一等。」亨姆廉先生表示：「你們的掌聲不該獻給我。我們應該靜默半分鐘，向姆米一家人表達我們的感謝之意。我們吃他們的存糧，或者說是他們剩餘的食物，而且我們在他們家的樹下散步，住在他們這個充滿包容、友愛和生活樂趣的家中。現在就讓我們靜默一分鐘！」

「你剛才明明說半分鐘！」谷朗柏老爺爺一邊小聲的抱怨，一邊開始計時。每個人都站了起來，高舉著杯子，氣氛相當莊嚴。「二十四、二十五、二十六……」谷朗柏老爺爺繼續算著時間，他的腳有點痠痛，其實大家應該要向他致意才對。今天這場派對是為他而舉行的，不是為了姆米一家人，畢竟胃痛的人是他。另外，谷朗柏老爺爺發現老祖宗沒有準時出席這場派對，心裡有點不高興。

當大夥兒靜靜向姆米一家人表達敬意時，屋外靠近廚房階梯的某處突然隱約傳來奇怪的聲響，聽起來像某個東西正沿著牆面攀爬。菲力強克小姐偷偷望向廚房的門，確定門鍊已經扣上。她發現托夫特也看著廚房的門，他們兩人都專注的聞著空氣中的味道，什麼話都沒說。

「乾杯！」亨姆廉先生大喊：「敬我們的友誼！」大家全都一飲而盡。他們今天使用的是姆米家中最小也最高級的杯子，杯緣有著漂亮的雕花裝飾。乾杯之後，大家又坐了下來。

「現在，我們就開始今晚的餘興節目吧！」亨姆廉先生宣布：「我們從最不起眼的人開始表演。最低調的人優先上台，這樣才公平。托夫特，你說對不對？」

托夫特拿出他的書，翻到接近結尾的某一頁，開始小聲的閱讀。每一次只要遇上較長的字，托夫特就會停頓一會兒。「第二百二十七頁。我們進一步了解這種生物，就能發現一個相當不尋常的事實：就生理學方面而言，牠們天生是草食類動物，卻對居住的環境具有侵略性。這麼多年以來，這種生物的反射動作、行進速

度與力量都沒有太大變化，但是其餘如覓食方面的本能，卻受到環境中的肉食動物影響，不斷發展演進。然而，牠們牙齒的咀嚼面還不夠銳利，爪子也尚未發展完全，視力亦不佳。另一方面，這種生物的體型已經演變到大得驚人的程度，因此讓牠們感到相當困擾，畢竟牠們數千年來都只躲在石縫或樹洞中生活。歸納以上各點，我們可以了解這種生物的驚人特質：由於牠們具有草食性動物慵懶的特徵，就算想要威嚇別人也只是徒勞無功，但不知什麼緣故，牠們非常具有侵略性。」

「你剛才最後說了什麼？」谷朗柏老爺爺問，他從頭到尾都把手放在耳邊，好聽清楚托夫特微弱的聲音。只要谷朗柏老爺爺知道別人說些什麼，他的耳朵就可以聽得很清楚。通常他都知道別人想要說的話。

「侵略性。」米寶姊姊大聲回答谷朗柏老爺爺的問題。

「不要那麼大聲！我的耳朵又沒聾！」谷朗柏老爺爺馬上抗議：「侵略性是什麼東西？」

「就是人們生氣時所表現出來的態度。」菲力強克小姐解釋。

「啊哈！」谷朗柏老爺爺說：「這樣我就完全了解了。其他人也寫了東西想讀給大家聽嗎？還是我們可以快點進行表演節目了？」谷朗柏老爺爺開始擔心老祖宗為什麼還沒出現。也許老祖宗今晚很累，還四肢僵硬，沒有辦法自行下樓。也可能是因為他覺得沒有受到尊重，但說不定是他不小心睡著了。「總之，一定是哪裡出了問題。」谷朗柏老爺爺有點困惑，心想：「年紀超過一百歲的人總是那麼難搞，而且很沒禮貌……」

「現在輪到米寶姊姊！」亨姆廉先生大聲宣布：「請米寶姊姊開始表演！」

米寶姊姊走到廚房正中央，看起來有一點害羞。她長長的頭髮直達膝蓋，髮絲明亮又充滿光澤，顯然洗得非常乾淨。米寶姊姊朝司那夫金微微點個頭，司那夫金馬上開始輕柔的吹奏口琴。米寶姊姊高高舉起雙手，在原地轉圈圈。口琴傳出「咻咻」、「滴嘟滴多」的樂音，在不知不覺中，樂音變成了旋律，旋律也越來越活潑。她的舞步隨著節奏變快，廚房裡充滿輕快的音樂以及舞步聲。米寶姊姊飄逸的紅色長髮看起來像飛舞的陽光，明亮動人，賞心悅目！大家都沒有聽見巨大又笨重的貨幣蟲正在姆米家屋外不斷繞著爬行，茫然的不知道自己到底要做什麼。每個人的腳都跟著口琴的旋律打拍子，嘴裡哼唱著「滴嘟滴迪」與「滴嘟滴多」的曲調。米寶姊姊忘情的踢掉腳上的靴子，將圍巾甩到地上。爐子上的食物發出熱氣，讓掛在上方的彩帶不停晃動。大夥兒開心的拍手，到最後司那夫金大喊一聲，結束了這場表演。米寶姊姊笑得十分開懷，她對自己的表現相當自豪。

在座每個人都熱情的呼喊：「再來一次！再來一次！」亨姆廉先生更是真誠的表達讚美，「非常感謝你們兩位帶來這麼精采的表演！」

「不必道謝，」米寶姊姊說：「我跳得非常開心，我覺得每個人都應該盡情享受自己的表演！」

菲力強克小姐站了起來，她說：「『情不自禁的做

某事』與『不得不做某事』的心情根本完全不同，我覺得『應該去做某事』與『情不自禁的做某事』不能相提並論……」大家以為菲力強克小姐要發表演說，連忙舉起杯子向她致敬，但是等了半天，才發現菲力強克小姐不打算再多說什麼，這時大家又開始鼓譟著要繼續聽口琴演奏。但是谷朗柏老爺爺對音樂沒興趣，他一臉無趣的玩弄餐巾，把餐巾捲得又小又厚。老祖宗一定是因為不開心，才會不肯出席。既然老祖宗是這場派對的嘉賓，大夥兒就應該特別去迎接他才對，以前的人都是這樣對待嘉賓的。谷朗柏老爺爺覺得大家非常失禮。

最後他終於忍不住站起來，用力拍打了一下桌面。「我們太失禮了！」谷朗柏老爺爺說：「我們在嘉賓來之前就開始進行派對，也沒有去迎接老祖宗下樓。你們都太年輕了，不懂得正式的禮儀！你們這輩子沒有見識過正統的社交禮儀！我真想問問你們：光忙著表演節目，無視正統社交禮儀，你們覺得這像什麼樣子？我必須給你們一點忠告：表演餘興節目的意義，就是要把自己最好的一面呈現給大家看！我想要呈現給大家看的，就是我的好朋友老祖宗！老祖宗的精神還很好，膝蓋還夠硬朗，但是他生氣了！」

谷朗柏老爺爺的話還沒說完，菲力強克小姐已經忙著把威爾斯乾酪遞給大家。雖然菲力強克小姐無意打擾谷朗柏老爺爺說話，但她確實在他說話時就開始行動。谷朗柏老爺爺看著一塊接一塊的威爾斯乾酪從他眼前傳過去，陸續放到每個人的盤子中，忍不住生氣起來。他怒斥菲力強克小姐：「妳是不是存心攪亂我的節目？」

「噢！不好意思！」菲力強克小姐回答：「但是威爾斯乾酪剛烤好，一定要趁熱享用……」

「那就快點傳一傳！」谷朗柏老爺爺不耐煩的說：「不過你們必須把乾酪藏在背後，以免老祖宗看了不高興。現在快點拿著你們的杯子，和我一起迎接老祖宗，並向他舉杯致意。」

*

菲力強克小姐高高舉起手裡的紙燈籠，谷朗柏老爺爺則打開大衣櫃的門。他朝門後的鏡子深深一鞠躬，鏡中的老祖宗也朝他回禮。

「我就不多做介紹了，反正你也記不住他們的名字。」谷朗柏老爺爺對老祖宗說：「再說，他們的名字一點也不重要。」他說完之後，將杯子舉到鏡子前敲了一下，老祖宗也與他乾杯，兩人互祝身體健康。

「我不明白！」亨姆廉先生不解的說。

米寶姊姊趕緊踢了一下亨姆廉先生的腿。

「你們也快點向老祖宗舉杯，祝福他身體健康！」谷朗柏老爺爺一面對大家說，一面往旁邊站了一步，「咦？老祖宗怎麼不見了？」

「我們年紀太小了，沒有資格向老祖宗舉杯致意。」菲力強克小姐連忙表示：「所以他大概又生氣了……」

「來，我們向老祖宗連敬三杯！」亨姆廉先生大喊：「一、二、三，祝老祖宗健康！」

之後大夥兒又走回廚房。在回廚房的路上，谷朗柏老爺爺對菲力強克小姐說：

「我覺得妳的年紀一點也不小啊……」

「對對對，我年紀不小。」菲力強克小姐心不在焉的回答。她抬起頭到處聞，覺得有一股發黴的味道，一種噁心的氣味，聞起來像是某種東西腐敗了。菲力強克小姐看了托夫特一眼，托夫特連忙轉開頭。他心想：「那是電的味道。」

回到溫暖的廚房之後，大家都覺得舒服多了。

「我想要多看一點魔術之類的餘興節目。」谷朗柏老爺爺問：「有沒有人能夠從我的帽子裡變出一隻兔子？」

「不行，現在輪到我表演了！」菲力強克小姐嚴肅的說。

「我知道她要表演什麼！」米寶姊姊大喊：「她要表演的節目是：我們當中的一人走到屋外被怪獸吃掉，接著另外一個人也走到屋外，被怪獸吃掉……」

「我要表演的是皮影戲！」菲力強克小姐不受米寶姊姊的影響，冷靜的宣布。她走到爐子面前，轉身面對大家。「我要表演的是皮影戲！劇名是《姆米一家人回來了》。」菲力強克小姐把床單掛在天花板的掛鉤上，將插在竹籃上的廚房小燈拿到床單後方，接著又從床單後方走出來，一一吹熄廚房裡的燈籠。

「待會兒燈籠再度被點燃的時候，就是最後一個人被怪獸吃掉的時候。」米寶姊姊小聲的說。

亨姆廉先生示意米寶姊姊別說話，菲力強克小姐則走回那條潔白的大床單後方。大家專注的盯著床單，司那夫金開始吹奏出宛如耳語般輕柔的樂曲。

白色的床單上上演了皮影戲，一艘黑色的小船出現，有個小小的人影坐在船頭，那個小小人綁著一個洋蔥形狀的髮髻。

「那是我妹妹米妮！」米寶姊姊心想：「米妮確實就是長那個樣子！菲力強克小姐真有才華。」

黑色的小船慢慢在床單上滑行，宛如橫越一片汪洋。世界上大概沒有哪艘船能夠如此安靜平順的在海上航行。姆米一家人都坐在船上，姆米托魯和手裡拿著包包的姆米媽媽坐在舷緣，頭上戴著帽子的姆米爸爸則坐在船尾掌舵。他們一行四人正準備返回姆米家（但是船槳的部分看起來怪怪的）。

托夫特專心的看著姆米媽媽。

他仔細觀察姆米媽媽的各項小細節，即便是黑色的皮影戲，在托夫特的眼中也都成了彩色的圖案。那些影子彷彿會自己活動，而且司那夫金演奏的樂曲與這齣戲完美結合，直到演出結束時，大家才發現司那夫金的口琴聲停止了。劇中的姆米一家人已經安然返抵家門。

「了不起的皮影戲！」谷朗柏老爺爺自言自語的說：「我這輩子看過非常多皮影戲，每一齣我都記得，但這是最棒的！」

落幕後，皮影戲正式結束。菲力強克小姐吹熄廚房的小燈，廚房立刻陷入一片漆黑。大夥兒依舊靜靜坐在黑暗中，似乎在等待什麼。大家都還沉迷在剛才那齣皮影戲的情節中。

菲力強克小姐突然開口說：「我找不到火柴。」

這下子，大家才恍然發現黑漆漆的廚房裡伸手不見五指。他們聽見屋外的風聲不斷呼嘯著，廚房彷彿變得無限寬廣，四周的牆壁都往黑夜的深處延伸而去。每個人的腳這時都感受到一陣涼意。

「我找不到火柴。」菲力強克小姐再度尖聲的說。

黑暗中傳來椅子移動的聲音，某個東西似乎從餐桌掉到地板上。大家全都站了起來，但是因為廚房裡黑漆漆的，大夥兒都互相撞來撞去，還有人不小心勾到掛在牆上的床單，整個人被椅子絆倒。托夫特抬起頭來，他覺得貨幣蟲此刻正在姆米家屋外，偌大的身軀正往廚房門邊的牆側慢慢移動著。遠處突然傳來一聲雷鳴。

「那些可怕的小蟲在屋外！」菲力強克小姐驚聲尖叫：「牠們打算闖進來！」

托夫特將耳朵貼在門板上傾聽外面的動靜，但是除了風聲之外，什麼都沒聽見。他打開門鎖，走到屋外一探究竟。他一離開，廚房的門又無聲的關上。

多虧司那夫金找到火柴，菲力強克小姐最後終於點亮了廚房的燈。亨姆廉先生尷尬的笑著說：「你們看，我的手剛才不小心插入威爾斯乾酪裡了！」

廚房又恢復原本的明亮，但是沒有人坐下來，也沒有人發現托夫特不見了。

「這些東西就先放著吧！」菲力強克小姐緊張的說：「大家什麼東西都別碰，我明天早上再來整理就好。」

「妳的意思是妳要走了？」谷朗柏老爺爺大聲的問：「反正老祖宗也回去睡覺了，我們現在可以開始狂歡了！」

可是大家都不想再繼續派對了，他們匆忙但彬彬有禮的互道晚安，彼此揮手告別。不到一會兒的時間，大夥兒都離開了。谷朗柏老爺爺氣得用力跺腳，之後才憤憤離去。他說：「至少我是最後一個離開派對的人。」

托夫特走到屋外，先在陰暗的階梯上等了一會兒。環繞姆米谷的山脈只比天空還要陰暗一些，托夫特只能隱約看見山的輪廓。貨幣蟲沒有發出聲音，但是托夫特知道貨幣蟲正悄悄盯著他看。

托夫特輕聲喚著：「貨幣蟲……小小的放射蟲……單細胞動物……」他想不起書本上另外提及的專有名詞。托夫特認為貨幣蟲一定也很茫然，不明白自己為什麼會發出嗥叫。

此刻，托夫特心中的憂慮多過於恐懼，他不知道貨幣蟲下一步會做出什麼事。貨幣蟲現在已經長得太大了，還非常生氣。貨幣蟲並不習慣變得這麼大，也不習慣生氣的感覺。托夫特遲疑的往前踏出一步，他覺得貨幣蟲馬上也跟著退了一步。

「你不必離開姆米谷！」托夫特對著貨幣蟲說：「但是請你不要靠姆米家太近。」他邊說邊往草叢走去。貨幣蟲又往後退了一步，巨大陰暗的身軀在樹叢間發出沙沙聲響。

「貨幣蟲長得太大了。」托夫特心想：「牠的身體大到讓牠行動不便。」

茉莉花叢間也發出沙沙聲響，托夫特連忙停下腳步，安撫的說：「不要緊張，放輕鬆一點……」

貨幣蟲發出一聲嗥叫。托夫特聽見雨滴窸窣落下的聲音，但是雷電已經逐漸遠去。他繼續以溫柔的口吻對著貨幣蟲說話，不知不覺來到水晶球前方。水晶球今晚呈現出一片清澈透明的藍色，托夫特一眼就能清楚看見水晶球深處的光亮。

「你這樣是不對的。」托夫特對貨幣蟲說：「我們不應該反擊，你和我都不是會反擊別人的個性，你一定要相信我。」

貨幣蟲靜靜聽著托夫特說話。或許牠只

是聽著，並不明白他到底在說些什麼。托夫特覺得有點冷，他的鞋子都濕了。他有點不耐煩的對貨幣蟲說：「請你快點把自己變小，然後找個地方躲起來吧！你的身體這麼大是行不通的！」

這時水晶球突然蒙上了一層陰影，在藍色的光亮處出現一道漩渦，隨即又消失。身為單細胞動物的貨幣蟲此刻也變小了，變回原本適合牠的模樣。姆米爸爸的水晶球向來可以吸收各種事物，而且會好好照料它們。剛才出現的漩渦已經將滿心困惑的貨幣蟲吸進水晶球裡了。

托夫特走回姆米家，爬上閣樓，二話不說就鑽進被窩裡呼呼大睡。

*

大夥兒都離開之後，菲力強克小姐還站在廚房中央，獨自陷入沉思。所有的東西都變得亂七八糟：彩帶被大家踩得髒兮兮，椅子也亂放、燈籠都歪了、蠟油滴得到處都是。她從地上撿起一塊威爾斯乾酪，心不在焉的咬了一口，再將剩下的部分丟進裝垃圾的水桶裡。「這是一場相當成功的派對。」菲力強克小姐告訴自己。

屋外正下著雨，菲力強克小姐專注的傾聽，外頭只有雨聲。那些小蟲已經離開了。

事實上，菲力強克小姐此刻的心情既不開心也不難過，而且一點也不疲倦。她覺得世界上所有的一切彷彿都靜止不動了，於是她就這樣一直站著聆聽雨聲。司那夫金的口琴忘在桌上，菲力強克小姐拿起口琴，放在手中靜靜等了一會兒，全世界只剩下屋外的雨聲。她把口琴拿到嘴邊吹了一下，又來回滑動幾次，聆聽不同位置吹出的聲音有何差異。菲力強克小姐在餐桌旁坐下，研究應該如何吹奏。「嘟滴，嘟多……」要吹出正確的音符真的很不容易，菲力強克小姐試了又試，小心嘗試吹奏每個音符。只要先找到正確的音，就會容易多了。儘管菲力強克小姐偶爾會吹錯，但是她馬上就會更正過來。顯然的，她只要憑感覺吹奏就好，不需要一個個尋找音符。嘟多，嘟滴，整首歌的旋律自然流瀉而出，每個音都在正確的位置上。

菲力強克小姐就這樣一直坐在餐桌旁吹奏口琴，全神貫注的摸索著。她吹奏出來的聲音化為旋律，旋律變成優美的樂聲。她不僅吹奏司那夫金的歌曲，也吹奏屬於自己的歌。菲力強克小姐之前的不安早已消失無蹤，連她自己也不知道為什麼。她再也不介意別人會不會聽見她吹口琴的聲音。廚房外的院子安靜無聲，那些可怕的小蟲肯定都離開了，這個秋夜又恢復成原本晚風漸強的模樣。

菲力強克小姐在廚房的餐桌上趴著入睡。她睡得很熟，直到隔天早上八點半才清醒。她醒來之後看看四周，對自己說：「這裡實在太髒亂了！我今天要好好大掃除一番！」

第十九章

第一場雪

早上八點三十五分，天空還灰濛濛的一片，姆米家的窗子已經一扇接一扇的打開，床墊、床罩和毛毯陸續被掛到窗台上，屋內也揚起了灰塵，形成濃濃的灰塵雲。菲力強克小姐正在大掃除。她拿出所有鍋子燒熱水，用刷子、抹布與水桶擦拭每一個櫥櫃，並將地毯掛到陽台的圍欄上。這是非常隆重的大掃除，隆重的程度前所未見。其他人全都站在姆米家外面的斜坡上，靜靜觀看菲力強克小姐忙進忙出的打掃。菲力強克小姐在頭上綁了一條頭巾，身上穿著姆米媽媽的圍裙，但是圍裙的尺寸過大，她必須將綁繩繞三圈才能合身。

司那夫金走進廚房，想找他的口琴。

「你的口琴放在爐子上方的櫥櫃裡。」菲力強克小姐經過司那夫金身旁時說：「我把口琴放進櫥櫃裡的時候很小心。」

「如果妳想要這把口琴的話，可以多使用幾天沒關係。」司那夫金嘴上這麼說，心裡卻有一點難以割捨。

菲力強克小姐認真的表示：「你收回去吧！我會自己去買一把新的口琴。走路的時候小心一點，你把我剛才掃成堆的灰塵又踢散了。」

「能夠再次打掃環境，感覺真的是太棒了！」菲力強克小姐心想，她知道灰塵都躲在什麼地方，那些柔軟骯髒又自鳴得意的灰塵全都舒服的躲在角落裡。菲力強克小姐掃出所有累積成團的棉絮。哼！這些髒東西還自以為躲在安全的地方！無論是毛蟲、蜘蛛或蜈蚣，各種噁心的玩意兒全都被她的掃帚給找了出來。菲力強克小姐還用熱水與肥皂清洗所有的家具一遍，搞得整間屋子濕答答的，帶著泡沫的污水不斷從門口流出去，一桶接一桶。「能夠這樣生氣勃勃的進行大掃除，真的是太棒了！」菲力強克小姐心想。

「我最討厭女人家的大掃除了！」谷朗柏老爺爺表示：「有沒有人提醒菲力強克小姐，叫她不要靠近老祖宗的大衣櫃？」

但是大衣櫃也已經整理得一乾二淨，甚至比姆米家任何一個地方都還晶亮。菲力強克小姐唯一沒有清潔的部分是大衣櫃門上的那面鏡子，她放任那面鏡子繼續維持髒兮兮的模樣。

過了一會兒，菲力強克小姐大掃除的愉快心情也傳染給其他人，大夥兒紛紛加入打掃的行列，除了谷朗柏老爺爺之外。他們幫忙提水桶、拍打地毯上的灰塵、到處刷洗地板，分別把窗戶擦拭得明亮潔淨。肚子餓的時候，大夥兒就跑進食物儲藏室裡尋找派對吃剩的食物。不過菲力強克小姐什麼都沒吃，連話都不說，她根本沒時間也沒心情！有時候她會

一面打掃一面吹口哨，踩著輕盈的腳步到處擦掃，行動像風一樣敏捷，一下子出現在這兒，一下子又出現在那兒。菲力強克小姐此時已經從懶散和驚嚇中復元，並且忍不住自責的想：「我怎麼可以放任自己鬆懈這麼久？過去這段日子，我簡直就像一團髒東西一樣，生活沒有目標和方向……」但是她想不起來自己為什麼會變成那種模樣。

美好的大掃除之日終於來到尾聲，感謝老天，這天完全沒下雨。接近黃昏的時候，姆米家的一切都已經變得整齊又乾淨，所有的家具和擺飾都被擦拭得閃閃發亮，每扇窗玻璃也都一塵不染，可以清楚看見窗外的風景。菲力強克小姐拿下頭巾，將姆米媽媽的圍裙掛回掛鉤上。

「大功告成了！」菲力強克小姐對大家說：「現在我該回去了。我家也需要好好大掃除一番，我太久沒打掃家裡了。」

大夥兒坐在姆米家陽台的台階上，雖然晚上變得非常寒冷，但是大家都感受到一種即將到來的轉變和別離，全都坐在台階上不肯回屋裡取暖。

「謝謝妳打掃姆米家的環境。」亨姆廉先生真誠的向菲力強克小姐致謝。

「你不需要謝我。」菲力強克小姐表示：「反正我也情不自禁想要打掃一番！米寶姊姊，我認為妳打掃時也是樂在其中。」

「有件事情我覺得很有意思。」亨姆廉先生又說：「有時候我覺得，我們說的每句話、做的每件事，以及此刻發生的各種情況，好像之前都曾經說過、做過和發生過。嗯，如果你們懂我的意思，我想表達的是，這世界的一切都是相同的。」

「相同很好啊，為什麼要不

一樣？」米寶姊姊問：「亨姆廉家族的人永遠都是亨姆廉家族的人，發生在亨姆廉家族身上的事情也會一再發生。就好比米寶家族的人有時候會因為不想打掃環境而偷偷開溜！」米寶姊姊說完之後便開懷大笑，用力拍打自己的膝蓋。

「我看妳的個性大概永遠都不會改變。」菲力強克小姐好奇的看著米寶姊姊。

「我正希望如此！」米寶姊姊回答。

谷朗柏老爺爺看著每一個人，他實在已經受夠了姆米家的大掃除，也受夠了剛才那番沒有意義的對話。「這裡太冷了，我要回屋裡去了。」他動作僵硬的站起身，走進屋內。

「就快要下雪了吧！」司那夫金說。

*

隔天早上，下起了今年的第一場雪，小巧而堅硬的雪花不斷落下，天氣變得非常寒冷。菲力強克小姐和米寶姊姊在小橋上與大家告別之後，就準備各自回家去了。谷朗柏老爺爺還在睡夢中，尚未起床。

*

「這段日子我很開心。」亨姆廉先生說：「希望下一次大家都能見到姆米一家人。」

「你說得沒錯。」菲力強克小姐心不在焉的接話；「如果你們見到了姆米一家，別忘了告訴姆米媽媽那個花瓶是我送的。對了，你那把口琴叫什麼名字？」

「我叫它簧風琴二號。」司那夫金回答。

「祝妳們旅途愉快。」托夫特小聲的向菲力強克小姐和米寶姊姊道別。米寶姊姊說：「替我在谷朗柏老爺爺的鼻子上親一下，你們要記得他喜歡吃醃漬小黃瓜，而且要讓他知道，橋下這條小河其實是小溪流！」

菲力強克小姐拿起她的行李箱。「還要提醒谷朗柏老爺爺按時吃藥！」她嚴厲的說：「無論他肯不肯吃，都要提醒他！他已經一百歲了，要格外注意身體健康才行。如果你們還想舉行派對，記得一定要邀請谷朗柏老爺爺參加。」菲力強克小姐說完，頭也不回的走過小橋離開。她與米寶姊姊懷著告別時常有的憂傷與解脫感，身影消失在風雪之中。

雪下了一整天，氣溫也越來越低。白雪覆蓋的大地、菲力強克小姐與米寶姊姊的離去、乾淨整齊的姆米家，這些轉變都讓亨姆廉先生等人覺得時間彷彿靜止了，思緒不斷回到從前。亨姆廉先生站在大樹底下，鋸了一小段樹幹之後，任憑它倒落在雪地上。他就這樣靜靜站著凝望，走回屋裡調整氣壓計。

谷朗柏老爺爺躺在客廳的沙發上，沉思事物轉變的道理。「米寶姊姊說得沒錯。」他忽然領悟那條小河是小溪流的事實。被白雪覆蓋的溪岸中間，那道潺潺而動的棕色水流確實是一條小溪流，一條棕色的小溪流，因此絕對不可能在那裡釣到魚。谷朗柏老爺爺拿起絲質抱枕蓋住頭，回想他記憶中那條快樂的小河。他現在想起越來越多往事，在許多年以前，那條快樂的小河裡有好多魚兒，夜晚都是暖洋洋的，而且星光滿天，經常有各種新鮮事發生，所以他總是到處串門子，以免錯過任何有趣的事情。谷朗柏老爺爺偶爾會在串門子之後小睡片刻，當時每件事情都能夠把他逗得哈哈大笑……一想到這裡，谷朗柏老爺爺突然想找老祖宗聊聊天。「你好！」他對老祖宗說：「外面下雪了。為什麼現在的日子這麼無趣，每天都沒有什麼事情發生呢？要不然就是只發生一些雞毛蒜皮的小事？另外，我的小河到底跑到哪裡去了？」谷朗柏老爺爺說完後一言不發，他受夠了這個總是沉默不語的朋友。「你可能太老了。」谷朗柏老爺爺用他的拐杖敲擊地板，「如今冬天又來了，你會變得更老，因為人在冬天的時候總是會覺得自己老到不行。」他說完之後又靜靜等了一會兒，希望老祖宗能夠有所回應。姆米家屋內的房門全都開著，每個房間都一塵不染，原本那種討人喜歡的髒兮兮模樣全部不見了，就連地毯也整齊的鋪在地板上。接下來的每個夜晚都會非常寒冷，地面會閃爍著白雪的光亮。谷朗柏老爺爺突然覺得憤怒又孤單，忍不住大喊：「你說幾句話來聽聽啊！」但是鏡子裡的老祖宗還是沒有回答。老祖宗身上穿著一件過長的袍子，眼睛瞪得大大的，可是什麼話都沒說。

「你給我出來！」谷朗柏老爺爺生氣的說：「出來看看外頭！現在的世界已經變得不一樣了，只有你和我兩個人知道以前的世界是什麼樣子。」谷朗柏老爺爺拿起他的拐杖，用力戳戳鏡中老祖宗的肚子，老舊的鏡子應聲碎裂，鏡片掉滿一地。鏡子裡的老祖宗先是臉部出現一道裂痕，然後整個碎落到地上。谷朗柏老爺爺看著原本墊在鏡子後方的棕色硬紙板，搞不清楚到底發生了什麼事。

「噢，結果怎麼會變成這樣？」谷朗柏老爺爺自言自語：「老祖宗跑掉了。他一定是生氣了，才會跑掉了。」

*

谷朗柏老爺爺坐在廚房的火爐前，一個人靜靜思考著。亨姆廉先生坐在餐桌前，面前攤放著一大堆樹屋的設計圖。「我覺得牆壁的部分好像怪怪的。」亨姆廉先生喃喃自語的說：「牆壁好像朝著錯誤的方向傾斜，這樣房子可能會倒塌，而且牆面無法和樹枝緊密結合。」

「也許老祖宗冬眠去了。」谷朗柏老爺爺心想。

「不過話說回來，牆壁只是一種把人阻隔於外的東西。」亨姆廉先生繼續自言自語：「如果住在樹上，最好能夠看見四面八方，不是嗎？」

「也許到了春天，就會有重要的大事發生。」谷朗柏老爺爺對自己說。

「你覺得怎麼樣？」亨姆廉先生問谷朗柏老爺爺：「這樣是不是比較好呢？」

「不好。」谷朗柏老爺爺回答。其實他根本不知道亨姆廉先生在問什麼。但起碼他知道自己接下來該怎麼做了。結論非常簡單！他決定跳過這個漫長的冬天，直接進入春天，這樣他就不用再煩惱了！什麼事情都不需要再煩惱了！他只要找個舒舒服服的洞穴，躺進去睡大覺，不管外面的世界如何運轉。等到他起床之後，一切就會依照常理而行，該怎麼樣就怎麼樣。谷朗柏老爺爺走進食物儲藏室，喝掉最後一碗雲杉針葉湯。他覺得很開心，而且突然變得非常想睡覺。谷朗柏老爺爺走到仍在左思右想的亨姆廉先生身旁，對他說：「再見，我要去冬眠了。」

*

夜晚的天空非常晴朗，托夫特走過姆米家的院子時，腳下踩過的碎冰發出碎裂的聲響。整座姆米谷籠罩在一片安靜無聲的寒冷中，山坡上的白雪在月光下閃閃發亮。水晶球裡沒有任何影像，

它變成一顆普通的水晶球，漂亮但無法投射出任何影像。黑漆漆的夜空滿是星星，宛如數百萬顆璀璨的鑽石，靜靜的在寒夜裡發出微光。

「現在是冬天了。」托夫特走回姆米家的廚房，對著亨姆廉先生說。

亨姆廉先生已經決定，樹屋不要有任何牆面會比較好，只要有地板就行了。他把樹屋設計圖收拾整齊，整個人鬆了一口氣，他告訴托夫特：「谷朗柏老爺爺去冬眠了。」

「他有帶著隨身物品一起冬眠嗎？」托夫特問。

「冬眠還需要帶什麼東西嗎？」亨姆廉先生有點驚訝。

亨姆廉先生說得也沒錯。經過冬眠之後，起床時會覺得自己變得年輕許多，所以什麼東西都不用，只需要一個人安靜的獨處就好。然而托夫特認為，當一個人從冬眠中醒來時，會希望自己在冬眠時仍然受到大家的關心。所以托夫特找出谷朗柏老爺爺的所有東西，整齊的放在大衣櫃前面，再拿一條鴨絨被蓋在谷朗柏老爺爺身上，畢竟冬天向來很冷。大衣櫃裡散發著一種淡淡的香氣，谷朗柏老爺爺剩餘的白蘭地正好足夠讓他在四月起床時提提神。

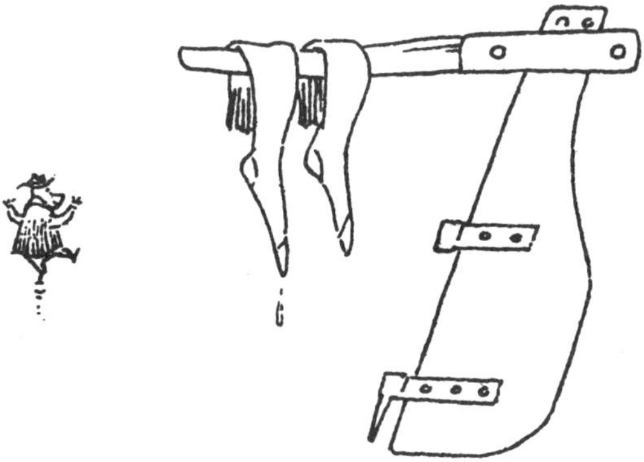

第二十章

準備回家

谷朗柏老爺爺開始冬眠之後，姆米谷變得更安靜了，偶爾只能聽見亨姆廉先生在楓樹上敲敲打打的聲音。亨姆廉先生有時還會在柴房外面劈柴，除此之外，姆米谷裡一切都靜悄悄的。司那夫金、托夫特和亨姆廉先生每天會互道「你好」與「早安」，但他們並不想互相交談，只想默默等待自己離開姆米家的那天到來。

他們三不五時就會進入食物儲藏室裡找東西吃，將咖啡壺放在爐子上保溫一整天，以便隨時飲用。

事實上，靜謐無聲的姆米谷格外的美麗，也很適合休養生息，所以司那夫金、托夫特和亨姆廉先生都比較喜歡獨處，不愛與其他人打照面。水晶球裡面已經完全沒有任何影像了，但也表示隨時可能有新的動靜發生。天氣則是一天冷過一天。

某天早晨發生了一件意外。亨姆廉先生搭建的樹屋，地板突然塌了下來，楓樹又變回原本尚未搭起樹屋前的模樣。

「真是太有趣了。」亨姆廉先生說：「我又有那種感覺了，相同的事情總會一再發生。」

他們三人站在楓樹底下，看著毀壞的樹屋。

「也許姆米爸爸會比較喜歡這棵樹原本的模樣。」托夫特羞澀的表示。

「我想你說得沒錯！」亨姆廉先生說：「楓樹原本的模樣更像是姆米爸爸的風格，對不對？或許我可以在樹幹上釘上一根釘子，以便姆米爸爸掛燈籠，不過，如果把燈籠直接掛在樹枝上，看起來會不會更自然呢？」

他們走進姆米家喝咖啡，這一次，他們終於好好的坐在一起享用咖啡，還特別拿出了咖啡杯盤組。

「真沒想到我們會聚在一起喝咖啡。」亨姆廉先生真誠的說，他攪拌著咖啡繼續問道：「我們接下來應該做什麼呢？」

「等待。」托夫特回答。

「你說得沒錯。但是我怎麼辦？你只需要靜靜等候姆米一家人回來，我和你又不一樣！」亨姆廉先生說。

「為什麼不一樣？」托夫特問。

「我也不知道。」亨姆廉先生說。

司那夫金又替自己倒了一杯咖啡，他說：「今晚過了十二點之後，好像就要起風了。」

「你總是這樣！」托夫特突然脫口而出：「每次只要有人問應該怎麼辦、接下來會發生什麼事，或是驚呼糟糕了，你就會若無其事的表示快要下雪了、暴風雨要來了，或者反問大家要不要在咖啡裡加糖……」

「你怎麼又生氣了呢？」亨姆廉先生驚訝的看著托夫特，「事情都過了這麼久，你的怒氣怎麼還沒有消退？」

「我也不知道。」托夫特小聲的回答：「其實我沒有生氣，只是一時之間情緒變得……」

「我剛才只是想到那艘小船。」司那夫金解釋：「如果晚上十二點之後開始起風，我和亨姆廉先生就可以搭乘小船出航去了。」

「可是那艘小船會漏水。」亨姆廉先生說。

「不會的，」司那夫金表示：「我將它打造得非常結實，而且我在柴房裡發現了船帆。你們想不想和我一起去航海？」

托夫特急忙低頭看著自己的咖啡杯，他認為亨姆廉先生應該也會害怕。沒想到亨姆廉先生竟然一口答應，連聲表示贊同：「當然好啊！我們一定會玩得很開心！」

*

深夜一點半的時候才真正起風，雖然風不太大，但是海面上已經捲起白色的浪花。司那夫金將小船停在浴場更衣室的碼頭邊，揚起船上的斜杠帆，讓亨姆廉先生坐在船頭。由於天氣非常寒冷，司那夫金與亨姆廉先生將姆米家衣櫃裡所有的厚羊毛衫全穿在身上。夜空十分晴朗，只有一朵深藍色的冬雲飄在靠近海平面的地方。司那夫金往外伸出船槳，將小船輕輕轉向，好讓夜風吹動船帆。

「大海之王，請多多指教！」亨姆廉先生以微微顫抖的聲音大喊一聲。他的鼻子凍得發白，身體背對著風，兩眼凝視著船舷。綠色的海浪距離他太近了，讓他害怕不已。「原來就是這種感覺！」亨姆廉先生心想：「這就是駕駛小船出海的感覺！整個世界變得天翻地覆，你的小命在深邃的大海邊緣掙扎，整個人冷得發抖，還覺得丟臉不已，但是現在後悔也來不及了。希望司那夫金不要發現我其實怕得要命！」

這個時候，小船遇上了一波暴風吹起的大浪，但是司那夫金毫無懼色，駕著小船繼續往前航行。

亨姆廉先生開始暈船。不舒服的感覺慢慢湧上，而且變幻莫測，他接二連三的打哈欠，不斷吞嚥口水，整個人非

常虛弱，全身無力，胃部也冒出一種噁心感，讓他很想死。

「現在由你掌舵。」司那夫金對亨姆廉先生說。

「不！不！不！」亨姆廉先生小聲回答，虛弱的揮手表示拒絕，沒想到他這個動作引發胃部一陣更加嚴重的翻攪，海浪也突然無情的轉換方向波動。

「你一定要掌舵。」司那夫金重申。他站起身子，走過小船的橫座板。無人操控的船舵自行轉個不停，一會兒往前一會兒往後，彷彿相當無助，必須有人趕緊握住它才行。亨姆廉先生只好跌跌撞撞的走到船舵旁，伸出早已凍僵的雙手，緊緊握住船舵。這個時候，船身搖晃得非常厲害，簡直就像是世界末日！司那夫金只是坐在一旁靜靜的望著海平線。

亨姆廉先生將船舵轉過來又轉過去，船帆發出咯吱咯吱的聲響，海水一直湧進小船內，可是司那夫金依然臨危不亂的看著海平線。亨姆廉先生整個人心慌意亂，完全無法思考，只能憑著直覺掌舵。沒想到，他因此學會駕駛小船了！船帆順著風向，讓小船穩穩沿著海岸行駛。

「我現在不會暈船了。」亨姆廉先生心想：「我可以緊緊握住船舵，身體一點兒也不會覺得不舒服。」

亨姆廉的胃也不痛了。他的雙眼緊盯著船頭的鉚釘，一會兒上一會兒下，小船平穩的迎著夜風，往遠洋航行而去。

*

托夫特洗乾淨咖啡杯盤組，鋪好亨姆廉先生的床。他走到楓樹底下，撿起所有散落在樹下的樹屋地板，放進柴房的後側，才又回到廚房裡坐著，靜靜聆聽窗外的風聲，等待亨姆廉先生與司那夫金回來。

好不容易，托夫特聽見院子裡傳來說話聲。亨姆廉先生與司那夫金回來了。托夫特聽到有人走上廚房外的台階，隨即就看見亨姆廉先生開門進來。口裡嚷嚷著：「晚安啊！」

「晚安！」托夫特也回應了一下：「海上的風大嗎？」

「海風很強。」亨姆廉先生回答：「但是空氣新鮮，感覺很自然。」他的臉色還是相當蒼白，冷得全身發抖。他脫掉靴子和襪子，掛在火爐上烘乾。托夫特替亨姆廉先生倒了一杯熱咖啡，兩人隔著餐桌坐下，氣氛有一點小尷尬。

「我好像差不多該回家去了。」亨姆廉先生說完，打了一個噴嚏，「我終於學會開船了！」

「你大概很想念你的小船吧？」托夫特小聲的問亨姆廉先生。

亨姆廉先生沉默了一會兒。最後當他開口時，臉上有一種如釋重負的表情。「你知道嗎？我想告訴你一件事，其實我以前根本沒有航海的經驗。」

托夫特低著頭。亨姆廉先生問：「難道你聽了這個祕密之後不感到驚訝？」

托夫特搖搖頭。

亨姆廉先生站了起來，開始在廚房裡走來走去。他此刻的情緒非常激動。「我覺得航海很可怕。」亨姆廉先生表示：「我暈船暈得很厲害，簡直難過得想死，一路害怕到下船為止。」

托夫特抬起頭看著亨姆廉先生說：

「那種感覺一定很糟糕吧？」

「沒錯！」亨姆廉先生非常感激托夫特能明白他的心情，「但是我不敢讓司那夫金知道。他還以為我很會開船，我根本只是運氣好罷了。現在我已經完全明白，我再也不要去航海了。很可笑吧？但反正我知道自己將來絕對不會再開船出海了。」亨姆廉先生抬起頭，發自內心的笑了出來。他拿起廚房的毛巾用力擤鼻涕，又說道：「我現在暖和多了。等我的靴子和襪子烘乾之後，就要馬上動身回家。我敢說，我家那邊現在應該已經變得一團亂

了，回去之後得好好整頓一番才行！」

「你準備回家大掃除？」托夫特問。

「當然不是！」亨姆廉先生解釋：「我是說，我得好好替別人安排各種事務，因為很多人根本不懂得如何過日子，也不會好好管理自己的生活！」

＊

姆米家外面的小橋是一個非常適合道別的地方。亨姆廉先生的靴子和襪子都烘乾完畢，準備回家了。外面的風還很強，吹得亨姆廉先生稀疏的頭髮亂七八糟。他一直擤鼻涕，可能是感冒了，但也可能只是因為別離而感傷。

「這是我寫的詩。」亨姆廉先生交給司那夫金一張小紙條，「我寫了這首詩來紀念這段日子。你應該知道吧？就是那首提到『真正的幸福是什麼』的詩。祝福你未來的生活，並請代我問候姆米一家人。」亨姆廉先生說完揮了揮手，轉身離去。

亨姆廉先生走到小橋上時，托夫特突然衝上前問他：「你打算怎麼處置你的小船？」

「我的小船？」亨姆廉先生複述了一下：「噢，對，我的小船呢。」他想了一下，然後說：「我想，我可能會先放著，等到遇見合適的對象再送給他。」

「你的意思是，你打算把小船送給嚮往航海生活的人嗎？」托夫特問。

「也不盡然。」亨姆廉先生回答：「我很樂意把那艘小船送給任何需要的人。」他說完之後又再次揮揮手，消失在白樺樹林中。

托夫特鬆了一口氣。如今又一個人離開了，很快的，姆米谷就會變得空蕩蕩的，宛如水晶球一般。但是這麼一來，這裡就會是姆米一家人和托夫特共有的天地了。托夫特走到司那夫金身旁問：「你打算什麼時候離開呢？」

「這要看情況而定。」司那夫金回答。

第二十一章

回家

托夫特第一次走進姆米媽媽的房間。姆米媽媽的房間是白色的。他在水瓶裡裝滿水，撫平床單上的皺褶，還將菲力強克小姐贈送的花瓶放在姆米媽媽床邊的小桌子上。姆米媽媽房間的牆壁上沒有懸掛任何畫作，桌上也只放著一個小碟子，小碟子裡裝著安全別針、橡膠瓶塞和兩顆圓形的石頭。托夫特在窗台上發現一把摺疊式小刀。「姆米媽媽忘了帶走這把小刀。」托夫特心想：「她總是用它製作樹皮小船。但或許她帶了另外一把小刀出門也說不定。」托夫特亮出刀刃，但無論大刀刃或小刀刃都已經磨鈍，尖錐的部分也毀損了。小刀還附帶一把小剪刀，但姆米媽媽顯然不太常使用小剪刀。托夫特帶著摺疊式小刀走到柴房，細心的重新磨利刀刃，再放回房間的窗台上。

天氣突然變得暖和許多，風向也轉變成西南風。「這是專屬於姆米一家人的風吧？我知道姆米們最喜歡西南風了。」托夫特心想。

海面上的雲層漸漸變厚，天空也因為厚厚的雲朵而變得暗沉。只要抬頭一看，就可輕易看出這些雲即將帶來一場大雪。再過幾天，姆米谷就要完全被冬雪覆蓋。冬天早已等待許久，現在終於準備登場。

司那夫金站在他的帳篷外，他知道自己出發的時間來臨，應該準備拆除帳篷了。姆米谷通往外界的道路不久之後就會被大雪完全阻斷。

他不慌不忙的拔起帳篷的營樁，捲起帳篷收拾好，再撲滅營火。司那夫金今天時間很多，可以慢慢完成這些事。

一切都清理乾淨，他原本紮營的地點只剩下一片褪色的長方形乾草。到了明天，這個長方形區域也會被白雪覆蓋住。

司那夫金寫了封信給姆米托魯，並且放入信箱。司那夫金的行囊早已打包完畢，暫時放在小橋上，等待他動身出發。

黎明破曉時，司那夫金先走到海邊，希望能夠找回那五小節旋律，他爬到堆積在海岸邊的海草與漂流木上，靜靜站在泥沙中等待旋律再現。旋律一下子就出現了，變得比之前更加優美動聽，組成的音符也更為簡單明朗，讓司那夫金十分意外。

司那夫金走回小橋，他腦子裡那首關於下雨的歌曲已經慢慢成形。他將背包甩到肩膀上，頭也不回的直接走向森林。

＊

當天晚上，水晶球中央出現了一個持續發光的小光點。姆米一家人準備駕船回姆米谷了！他們在船桅頂端掛了一盞燈，以便在暴風雨中為他們照亮前方。

西南風仍持續吹拂著，海面上累積的雲層越來越高，空氣中飄浮著一絲絲下雪的氣息，聞起來清新但沉重。

＊

當托夫特發現司那夫金的帳篷消失無蹤時，心裡其實一點也不驚訝。或許司那夫金也明白，托夫特是唯一應該留下來與姆米一家碰面的人。那一瞬間，托夫特突然覺得或許司那夫金是最明白一切的人，但是這個想法轉瞬即逝。托夫特又把關注的焦點轉回自己身上。他想見到姆米一家人的渴望越來越強烈，這讓他感到相當疲憊，而且現在他只要一想到姆米媽媽的身影，頭就隱隱作痛。姆米媽媽的形象在托夫特心中溫柔又慈祥，完美得讓托夫特無法承受，但是在姆米媽媽龐大圓潤的身體之上，面容的部分還是一片空白。此刻的姆米谷好像變得非常虛幻，無論是姆米家的房子、院子或是門前的小河，在托夫特的眼中都彷彿隔著一道薄紗。它們靜置在陰影底下，讓他無法分辨哪個是真實存在的物體、哪個又是他想像出來的幻影。托夫特已經等待太久，不免有點生氣。他獨自坐在廚房裡，雙手抱膝，兩眼緊閉，腦中出現一團巨大的不明物體，讓他忍不住感到害怕！托夫特跳了起來，開始拚命狂奔。他跑過廚房、跑過院子、跑過垃圾堆，直接衝進樹林裡。托夫特一跑進樹林，四周瞬間變得一片黑暗。這座樹林就是米寶姊姊之前提到的人煙稀少的醜陋樹林。由於樹木長得太過茂密，樹枝幾乎都快要找不到生長的空間，只能長得細細的。地面潮濕不已，就像泡過水的皮革。唯一閃閃發光的東西，是那些長在地上的火紅色蕈菇。蕈菇的形狀像手指頭，看起來宛如許多小手從黑暗中伸出來。另外，樹幹上長了許多黴塊，像是乳白色的絲絨覆蓋在樹幹上。這是一個與外面全然不同的世界。托夫特的腦子裡從未想像過這種畫面，也找不到合適的文字來形容，因為根本沒有任何事物與這裡的景象類似。樹林裡沒有供行人散步的小徑，也不曾有人在樹底下休憩。

走進這座林子裡的人多半想著自己的事，毫無目標的亂走。這是專屬心煩者的樹林。這時托夫特變得非常沉靜而專注，他突然有一種如釋重負的感覺，因為他心裡那些關於姆米一家人的畫面消失不見了。無論是姆米谷

的風景，或是幸福美滿的姆米一家人，全都從托夫特的腦中消散而去。姆米媽媽的身影也溜走了，變成模糊的影像。畢竟他本來就不知道姆米媽媽的長相。

托夫特穿越過樹林，在密密麻麻的樹枝下彎著腰，半走半爬的往前方邁進。他的腦子裡什麼都沒想，就像那顆水晶球一樣空蕩蕩的。這座樹林就是姆米媽媽在疲倦、困惑或失望時獨處的地方，在那些情況下，姆米媽媽會在這座偌大的樹林裡漫無目的的遊走，思索自己的心事……托夫特突然想像出一個新的姆米媽媽，新的姆米媽媽對他而言顯得更加親切。但是一想到這兒，他又忍不住擔心起來：「姆米媽媽為什麼心事重重？我能不能做些什麼來讓她重展笑顏？」

不知不覺中，托夫特走出了樹林，眼前變成一大片灰色的山脈。山腳下的沼澤一路延伸到頂端，山頂上光禿禿的模樣讓人看了十分沮喪。山頂一定什麼東西都沒有，只有冷風吹著。天空非常遼闊，飄浮著來去匆忙的雪雲。托夫特眼前所有的事物看起來都相當龐大，他轉身望了一眼，發現姆米谷已經變成陰影中的一個小點。於是他回過頭，凝視著前方的海洋。

大海在托夫特眼前伸展而去，灰色的海平線上有一道接一道的白色海浪。托夫特的臉迎向海風，他決定坐下來等待姆米一家人歸來。

如今，他終於可以靜候姆米一家的出現。

姆米一家人順著他們喜愛的西南風，從一個托夫特不知道也看不見的小島啟程，駕著小船朝海岸駛來。「或許他們曾經考慮在那座小島定居。」托夫特心想：「他們可能會編一個關於那座小島的故事，並在入睡前對自己講述這個故事。」

托夫特坐在高高的山頂上，凝望著遠方的海面，就這樣靜坐了幾個小時。

太陽西下時，雲層間透出一道光亮。冷冷的黃色冬陽讓整個世界看起來格外荒涼。

就在這個時候，托夫特看見了姆米爸爸掛在船桅上的那盞燈，小燈持續散發出柔和又溫暖的燈光。由於姆米一家的小船還在距離岸邊相當遙遠的海面上，所以托夫特還有足夠的時間可以爬下山、穿過樹林、走到碼頭邊。等姆米爸爸準備停靠小船的時候，托夫特將會幫忙拉住纜繩，緊緊綁在碼頭上。

故事館30
姆米谷的奇妙居民
Sent i November

作　　者　朵貝・楊笙（Tove Jansson）
譯　　者　李斯毅
封面設計　達　姆
責任編輯　丁　寧
校　　對　呂佳真

國際版權　吳玲緯　蔡傳宜
行　　銷　何維民　吳宇軒　陳欣岑　林欣平
業　　務　李再星　陳紫晴　陳美燕　葉晉源
副總編輯　巫維珍
編輯總監　劉麗真
總 經 理　陳逸瑛
發 行 人　凃玉雲
出　　版　小麥田出版
10483台北市中山區民生東路二段141號5樓
電話：(02)2500-7696　傳真：(02)2500-1967
發　　行　英屬蓋曼群島商家庭傳媒股份有限公司
城邦分公司
10483台北市中山區民生東路二段141號11樓
網址：http://www.cite.com.tw
客服專線：(02)2500-7718｜2500-7719
24小時傳真專線：(02)2500-1990｜2500-1991
服務時間：週一至週五09:30-12:00｜13:30-17:00
劃撥帳號：19863813　戶名：書虫股份有限公司
讀者服務信箱：service@readingclub.com.tw
香港發行所　城邦（香港）出版集團有限公司
香港灣仔駱克道193號東超商業中心1/F
電話：852-2508 6231　傳真：852-2578 9337
馬新發行所　城邦（馬新）出版集團 Cite (M) Sdn Bhd.
41-3, Jalan Radin Anum, Bandar Baru Sri Petaling,
57000 Kuala Lumpur, Malaysia.
電話：+6(03) 9056 3833　傳真：+6(03) 9057 6622
讀者服務信箱：services@cite.my
麥田部落格　http://ryefield.pixnet.net
印　　刷　前進彩藝有限公司
初　　版　2016年7月
初版五刷　2021年9月
售　　價　280元

ISBN 978-986-93214-7-1
Printed in Taiwan.
本書若有缺頁、破損、裝訂錯誤，請寄回更換。

國家圖書館出版品預行編目資料

姆米谷的奇妙居民／朵貝・楊笙（Tove Jansson）著；李斯毅譯. -- 初版. -- 臺北市：小麥田出版：家庭傳媒城邦分公司發行, 2016.07
面；　公分
譯自：Sent i november
ISBN 978-986-93214-7-1（平裝）

881.159　　105008422